es 1867
edition suhrkamp
Neue Folge Band 867

Als Dank und
Ergänzung zur
Exkursion, Oktober 1995
Aleksandra
Markus

Es handelt sich, mit den Worten eines Literaturkritikers, um »einen poetischen Roman über die psychologische Verfassung eines Menschen, der völlig verändert, verstört, gebrochen aus dem Krieg zurückkehrt und die alte Ordnung der Dinge nicht mehr zu verstehen vermag« (M. Bogdanović).
Miloš Crnjanski (1893-1977), einer der bedeutendsten serbischen Autoren dieses Jahrhunderts, begann den Kurzroman 1918, nachdem er in einem österreichischen Regiment an der Schlacht von Złota Lipa (Galizien) teilgenommen hatte und verletzt worden war. Der autobiographische Impuls ist unverkennbar. In der Form eines fiktiven Tagebuchs entwirft Crnjanski ein Mosaik von Erinnerungen und Reflexionen, beschwört er eindringlich galizische Kriegsschauplätze, Lazarette, Liebesnächte in Krakau und an der Adria, Verzweiflung, Langeweile, Reisen und Naturstimmungen. Crnjanski ist ein Meister der poetischen Verdichtung und Stimmungserzeugung: Der Defätismus des kriegsbeschädigten Čarnojević wird nicht als Ideologie vorgeführt, sondern in Erinnerungsbildern veranschaulicht. Dabei zeigen sich Facetten jenes Mitteleuropas, das von Triest bis Krakau reicht, jedoch keine politische Einheit mehr darstellt.
Crnjanski gehört, wie Joseph Roth oder Miroslav Krleža, zu den Chronisten der untergehenden Monarchie. Sein *Tagebuch über Čarnojević* folgt aber nicht epischen, sondern eher lyrischen Mustern. Der historische Bruch, die aus den Fugen geratene Welt wird durch das Prisma eines einzelnen Bewußtseins – splitterhaft – aufgezeigt: ein Verfahren, das dem Thema entspricht und noch heute modern wirkt.
Auf deutsch erschienen 1963 der Roman *Seobe* (Wanderungen) unter dem Titel *Panduren* (später noch einmal unter dem Titel *Bora*), 1967 der Prosaband *Kommentare zu ›Ithaka‹* (es 208).

Miloš Crnjanski
Tagebuch über Čarnojević

Übersetzung aus dem Serbischen
von Hans Volk

Mit einem Nachwort
von Ilma Rakusa

Suhrkamp

Originaltitel: *Dnevnik o Čarnojeviću*
Die Übersetzung folgt der Ausgabe:
Sabrana dela, Bd. 4, Minerva, Subotica 1956

edition suhrkamp 1867
Neue Folge Band 867
Erste Auflage 1993

Erstausgabe

Satz: Stahringer, Ebsdorfergrund
Druck: Nomos Verlagsgesellschaft, Baden-Baden
Umschlagentwurf: Willy Fleckhaus
Printed in Germany

1 2 3 4 5 6 – 98 97 96 95 94 93

Tagebuch über Čarnojević

Es ist Herbst, und das Leben ohne Sinn. Die Nacht habe ich im Gefängnis mit einigen Zigeunern verbracht. Ich ziehe durch die Kaffeehäuser. Setze mich ans Fenster und starre in den Nebel und in die roten, nassen, gelben Bäume. Wo ist das Leben?

Jene blutigen, roten, warmen Wälder, die unüberschaubaren polnischen Wälder, wie müde haben sie mich gemacht. Ich bin Soldat, oh, keiner weiß, was das bedeutet. Aber in diesem Sturmwind, welcher der Welt das Gehirn verdreht hat, gibt es wenig Menschen, die ein so süßes und friedliches Leben führen. Ich ziehe von Stadt zu Stadt und spaziere unter diesen herbstlichen, roten und gelben Bäumen, die auf mich genau so wirken wie auf Hafis der Wein.

Das Gefängnis, der Drill und die stinkende, verlauste, alte Kaserne, all das berührt mich so wenig. Ich bin verliebt in die Gewässer hier, in die Bäume hinter den Festungsmauern, die sich zwischen den gelben und grünen Pfützen verlieren, wo das Gras so weich, versengt und warm ist. Und ich liebe mein Leben mit der Faszination, die ich voriges Jahr empfand, als ich aus diesen schmutzigen, jungen polnischen Wäldern zurückkehrte, wo so viele geblieben sind, zerfetzt und blutig mit zerschmettertem Schädel. In dunklen Nächten, in kleinen Häuschen und Hütten, wo ich mit einigen Burschen Wache bezogen habe, schreibe ich viel über das, woran ich mich ungern erinnere.

Es war Juni. Ein fröhlicher Tag, Sankt Veitstag.

Wien zog um in die Bäder. Ich ging hinunter in unsere kleine Kirche, wo sich die Damen umdrehen, sobald jemand eintritt. Der Pope nahm das Evangelium auf, drehte es herum, trug es herein, trug es hinaus; die Damen unterhielten sich leise, und die Herren klimperten mit den Geldstücken für die Kollekte.

Später gingen wir in den Kursalon. Hier wo einst Branko hustend herumspazierte, auf den Bänken von Weinbergen träumte, versammelten sich feierlich gekleidete Frauen in großen, gelben Schuhen. Man sprach und sprach, und auf einem Bild hoch über uns umarmten sich drei nackte Jünglinge, die niederknieten und die Trikolore küßten. Es war ein fröhlicher Tag, der Sankt Veitstag. Am Abend betrank man sich, doch das haben wir von unseren Urvätern. Die warme Nacht, die Sternennacht, tönte vom Lärmen und Murmeln des fröhlichen Pöbels. Vor Tagesanbruch kam ich nach Hause und legte mich schlafen. Sankt Veitstag war vorbei.

Am nächsten Morgen reisten die schönen Bosnierinnen, begleitet von stämmigen, dalmatinischen Studenten, mit ihren senilen Männern glücklich ab. Auch ich fuhr weg. Im Zug schimpften alle über den Mord. Eine Frau sagte, dieser lächerliche Held vom Sankt Veitstag sei verkommen, wie alle Gymnasiasten und Gymnasiastinnen in Sarajevo verkommen seien. Meine Augen waren voll Tränen. Ach, ich war damals jung, so jung.

Die Wardeiner Brücken zitterten vom Marschtritt der Bataillone, und die ganze Juninacht war erleuchtet von den trunkenen Liedern der geschmückten Soldaten. Wir hörten, daß hinter den Stadtmauern einige Lehrer erschossen wurden. In der Kirche pries der Bischof die Treue zum Kaiser, und in den Häusern wurden Ikonen und die Bilder des Zaren Dušan versteckt. Nur die Kürschner und die Schuster gingen ruhig, mit den Händen in den Taschen, auf den Straßen, spuckten aus, riefen einander »Aco« zu und schulterzuckend: »Ach kilenc, mit uns ist England.«

Als ich in den Zug stieg, wiederholte ich leise für mich die kühlen, herrlichen lateinischen Worte: »Nie soll die Sonne über einer größeren Stadt scheinen als über Rom«, und ich zog meine weißen Handschuhe, die ich so liebte, an und wieder aus.

Später sah ich den Hof voll von Popen, Männern und Frauen. Oh, wie war das lächerlich. Wir mußten alle die Nase an die Wand drücken und stillschweigen. So stand ich bis zum Abend. Dann fiel ich in Ohnmacht. Ich war ein sehr zarter junger Herr.

Dann schlugen sie mich. Aber auch das tat nicht weh. Ich war es gewohnt, Romane zu lesen, und so dachte ich oft an Dostojewskis »Katorga«. Dann schlugen sie mich wieder ins Gesicht. Aus meinen Dokumenten ersahen sie, daß ich auf dem Weg nach Rom war, und sie schrien mir ins Gesicht: »Spion, Spion!« Ein Pope lag neben mir; sein Mund blutete, und die Zähne waren ihm eingeschlagen. Dann führten sie eine junge Frau mit zwei Kindern herein, und es war schamlos, wie sie mit ihr umgingen. Auch sie schrien sie an: »Spion, Spion!« Sie, ganz bleich, liebkoste die kleinen, braunen Köpfe ihrer Kinder. Dann schlugen sie mich wieder. Ich schaute traurig umher, erschrak, zog meine weißen Handschuhe aus und setzte mich im dunklen Gang zwischen einige Schatten, welche schrecklich stanken, mich anstießen und dauernd flüsterten: »He, gib uns ein bißchen von deinem Tabak ab.«

Die Kanonen donnern. Irgend jemand feiert Geburtstag. Doch wie wurde ich geboren? Mein Vater hat mir ein Lied gesungen und dem Tamburizzaspieler einen Geldschein auf die Stirne gepappt. Die ganze Nacht und bei eisiger Kälte stand die Menge in der Mitte des schneeverwehten Platzes um das Feuer und wartete darauf, daß es Tag würde, damit man einen Emissär wählen könnte. Man erzählt, daß er am nächsten Tag sein silberbeschlagenes Gewehr, den Hund und die fetten Schreibgehilfen verlassen und irgendwohin weit weg gehen mußte an die Theiß. Dort, so sagt man, habe er den ganzen Tag gekritzelt und nachts Gelage gehalten; oft mußten sie ihn betrunken im Schlitten nach Hause fahren. Erst fünf Jahre später wurde ich geboren. Sie windelten mich in einem Wäschekorb, und die Mutter sang mir die ganze Nacht Wiegenlieder, am liebsten die aus der »Perlenreihe«. Oder sie erzählten mir dauernd von Dörfern, die gebrannt hatten, und von Männern in roten Fesen, die immer schlachteten und mordeten. Eines Abends erzählten sie mir, wie man auf den Pfahl gespießt wird. Man sagt, daß ich damals viel geweint hätte.

Am fünften Tag mußte das Kind im Namen des Vaters, des Sohnes und des Heiligen Geistes getauft werden. Also machte man sich in Schnee und Wirbelsturm mit dem Schlitten auf den Weg. Dabei, sagt man, habe ich nicht eine Träne vergossen. Auf der Theiß verfolgten uns die Wölfe, und unter uns begann das Eis zu bersten. Getauft wurde ich irgendwo weit weg in einer alten, griechischen Zinzaren-Kirche. Meine Mutter weinte. Eine vornehme, adlige Dame, die meine Patin sein sollte, war nicht gekommen. Vielleicht hatte sie Angst vor den Wölfen. So nahmen sie, weil man nicht länger warten konnte, den einzigen orthodoxen Menschen, den Küster, zum Paten. Er hieß Božura. Und er, in Tränen aufgelöst wegen der Ehre, die ihm unerwartet zuteil wurde, hielt das Kind unter das heilige Wasser und weinte, weil er kein lausiges Geldstück besaß, das er dem Kind hätte schenken können. Reiche Zinzaren und schöne Griechinnen, die gern an die serbischen Studenten zurückdachten, erinnerten sich auch meines Vaters und luden uns in ihre Häuser ein. Und überall schimmerten weiß im Schnee unsere leeren, alten, verlassenen Kirchen. Aber meine Mutter, stolz und verbittert, schlug schnöde alle Einladungen aus, und wir eilten wieder über den verwehten Fluß, auf der Flucht vor dem Geheul der Wölfe.

Seitdem ist für mich das einzige Gute im Leben der Schnee. Als ich begann, Häuser und Straßen zu erkennen, als ich begann, Worte zu begreifen, sind wir wieder weitergezogen. Oh, wir sind oft umgezogen.

Im Morgengrauen, im kalten Septembernebel, ging ich über die Brücke. Die Sonne stand groß, wie in Flammen, über den Mauern. Ich grüßte sie und glaubte, daß es mir auch hier gutgehen würde. Ich fand Freunde. Sie kamen aus den schweren, alten Kasematten; über den einen hörte ich, daß er umgekommen, über den anderen, daß er verwundet sei. Zuerst kam ich wieder einmal ins Gefängnis, aber sie entließen mich schnell. Sie dachten, daß ich bald sterben würde. Ich hustete und lief hinter dem Wagen her, der mit warmen, frischen Brotlaiben beladen war.

Krankheiten waren mein schönstes Erlebnis. Ich wurde in Weiß gekleidet und ans Fenster gesetzt, und die Menschen blieben stehen und betrachteten mich. Oh, was haben sie nicht alles mit mir angestellt. An die Mutter erinnere ich mich nur noch wie im Traum. Sie war eine junge, schöne Witwe. Mir tut so vieles leid. Ich erinnere mich, sie saß an meinem Bett und sang mir Lieder vor, in denen dauernd abgeschlachtet und getötet wurde und in denen Dörfer brannten. Ach, wie habe ich deshalb geschrien. Am nächsten Tag war ich aus dem Haus. Ich versteckte mich unter den Mauern zwischen den grünen Pfützen, wo das Gras so gelb und dicht war. Dort lag ich lange und zog Frösche heraus, grüne, bunte mit roten Augen. Ich erinnere mich an diese roten, gelben, geheimnisvollen Augen und daran, wie ich sie lange betrachtet habe. Sie zitterten auf meiner Handfläche, und ich schaute ihnen, im Grase liegend, lange, lange in die roten und gelben Augen.

Dann erinnere ich mich an den Glockenturm. Unsere Kirchen in meiner Heimat sind leer und staubig. Die große, alte Kirchenglocke dröhnte über mir, und ich kauerte wie eine kleine Maus auf dem Balken und schaute verwirrt um mich. Die Traurigkeit fand mich früh. Keiner fragte, wohin ich gehe, keiner erwartete mich, wenn ich nach Hause zurückkehrte. Meine Mutter war eine fröhliche, gut aussehende Witwe. Im Winter sammelte ich erfrorene Vögel und versteckte sie; im Sommer schlich ich um die alten, verzogenen Zäune und fütterte die jungen Hunde, um die sich niemand kümmerte. Doch am Samstag, wenn die Glocken zu dröhnen begannen, verkroch ich mich irgendwo im Glockenturm, der voll war von Fledermäusen, und betete lange zu Gott. Das ist alles nicht wichtig, denn es ist vorbei.

Krankheiten waren für mich das schönste Erlebnis. Da lag ich ganz in Spitzen, die so leicht wie Federn waren, und durch die Fenster sah ich meine Tauben, die ich so liebte, versorgte und badete. Mutter mußte die alten Juwelen herausnehmen, alle ihre Perlen und Seidenstickereien, und ich sammelte sie ein, häufte sie auf meiner Brust auf und lag unter ihnen ganz selig, dann schüttete ich lachend goldene Schlangen, Armspangen voll roter Edelsteine von einer Hand in die andere. Und wenn ich daran denke, daß das schon so lange her ist, erscheint mir das schrecklich.

Wir reisten. Ich erinnere mich nur an den Wagen, der durch die Kornfelder fuhr, und an meinen kleinen, braunen Kopf, in dem so viele Gedanken kreisten. Meine Mutter reiste oft und gern. Damals war sie immer blaß. Sie kleidete mich in Seide und gewöhnte mich an weiße Handschuhe, die man mir zur Nacht mit Gewalt von der Hand ziehen mußte. Aber auch sie schlief gern in Handschuhen. Sie schmierte die Hände mit etwas ein, was nach Veilchen duftete, und schlief in Handschuhen. Ich sah alles. Ständig waren wir auf Reisen. Sie kleidete sich in Schwarz. Aber ihre Dienstmädchen waren so liederlich; ich erinnere mich, einmal habe ich vor Furcht und Scham geweint. Bleich und unausgeschlafen, betrachtete ich erschrokken die Leute um mich herum, die Stationen, die rußigen, verqualmten Züge. Sie trug immer ihre duftende, schwarze Seide und schleppte mich in die Bäder, wo sie im Mondschein spazierenging und auf dem funkelnden und glitzernden Estrich tanzte. Nachts umgaben uns schwarze und große Berge. Am liebsten tanzte sie mit den walachischen Offizieren, die mir Süßigkeiten mitbrachten. Sie führten mich zum Reiten, und ich erinnere mich, wie ich erschrak, als sie irgendwo im Walde anhielten und sich mit Mutter trafen, die zu Fuß ging und laut lachte. Ich stellte fest, daß sich dieses Lachen, das ich haßte, immer wiederholte, wenn sie dieses schwarze Seidenkleid anzog, das sehr eng war. Dann waren meine Augen den ganzen Tag voll verborgener Tränen. Heute erscheint mir das alles merkwürdig und unglaublich. Jeden Abend dachte ich an die alte Kirche, neben der wir gewohnt hatten, und wenn ich bei der Mutter lag – ich schlief immer noch bei ihr, obwohl sie sich heftig widersetzte – weinte ich oft leise in der Dunkelheit. Sie ging frühmorgens irgendwohin zum Baden. Mehrmals schalt sie mich, halbnackt vor dem Spiegel sitzend, warum ich nicht schlafe.

Am frühen Morgen waren die Springbrunnen sehr kalt, und ich saß bei ihnen und wartete auf die Mutter. Und jetzt, nach so vielen Jahren, gibt es nichts mehr auf der Welt, worüber ich mich wundern würde. In einem grünen Pavillon spielte die Militärmusik, und sie führte mich durch das Gedränge der Frauen und der parfümierten Offiziere, durch die ich geschickt einen Reifen trieb. Und jetzt, da die Jugend vorbei ist und ich alles verstehe, läuft es mir vor Entsetzen oft kalt über den Rücken. Wenn wir aus der Fremde nach Hause kamen, fingen immer die Glocken an zu läuten. Mir schien es, daß sie gerade für mich läuteten.

Sonntags war es schön. Von den Wänden lächelten Gesichter, eingerahmt von großen, weißen Kragen, und unter ihnen drehten sich im fröhlichen Gemurmel breitrandige Frauenhüte, die mich an die blumengeschmückten Räder zerbrechlicher Hochzeitswagen erinnerten. Meine Mutter ging gern auf Hochzeiten.

Als erster stand ein Herr in Schwarz auf und sprach ziemlich lange und unklar über Kosovo. Dann las ein junger Priester die Novelle »Der Wind« vor. Der Gesangverein, an der Wand zusammengedrängt, kicherte und drückte sich verliebt. Bekannte meiner Mutter spähten hinter mir her, lediglich die Frau des Popen lud mich offen und deutlich und mit einem Lächeln ein. Dann sang der Gesangverein allerlei über Kara Mustafa, und ich stand bleich und ganz im Fieber von diesen Liedern. Immer blieb mir nur Müdigkeit in der Seele von diesem Getöse und von diesen Liedern. Ich stand und lauschte, wie meine Mutter die erste Stimme sang. Die Frau des Popen fragte mich lächelnd, warum ich nicht zu ihr käme und warum ich so selten aus dem Haus ginge, und mit einem Kopfnicken gegen meine aus voller Kehle singende Mutter fügte sie hinzu: »Je nun, für Sie ist es leicht im Sopran, Sie sind ja Witwe.«

Oh, ich hörte alles. Die Lieder drückten mich an die Wand, nahmen mir den Atem. Ach, wenn ich gewußt hätte, was wir tun; ich betrachtete fassungslos die alten Ikonen um mich herum, irgendwelche Männer, die mit dem Messer in der Hand und mit dem roten Fes auf dem Kopf vor den Schanzen gefallen waren. Und diese alten Ikonen und Bilder verbrannten mir die Augen, als ob mich die Strahlen, die von ihrem dunklen Gold zurückprallten, durchbohrten. Erst als einer auf den Stuhl sprang und schreiend vorschlug, den Patriarchen zu grüßen, und andere wütend zu fluchen begannen, da erst schreckte ich auf. Meine Mutter kam zu mir und führte mich in den

Hof, wo sie die Fässer beschlugen. All das ist längst vorbei, und alles erscheint mir so lächerlich.

Die Glocken über unserem Haus tönten dunkel, und in ihrem Strom schwammen die Kirche und die Straßen und die ganze Umgebung irgendwohin in die Höhe. Die ganze Welt war damals so leicht. Ich erinnere mich: Meine zahlreichen Tanten kamen und weinten; da sie mich oft krank sahen, erzählten sie mir vom Vater und sagten, daß sie mich nach Wien schicken wollten, damit ich dort lerne und später Minister in Serbien würde. Doch ich versteckte mich auf dem Feld hinter der Stadt – am liebsten auf dem Friedhof, wo neben den dichten Maisstauden Vieh weidete und die gewaltigen Pulvertürme standen. Da lag ich dann im Gras bei einer alten Bank. Hinter mir wisperten die Weiden. In der Abenddämmerung färbten sie sich rot, und ich stand auf und staunte.

Eines Tages packten sie mich in Pelze, die nach Viehhof stanken, füllten mir den Koffer mit großen, weißen Broten und die Taschen mit Mustern meiner Tanten, nach denen ich einiges einkaufen sollte – verschiedenen Krepp, einfache Stoffe und Schuhe mit Knöpfen –, und sie setzten mich in den kleinen Zug, weinten und küßten mich ab. Sie erzählten mir, daß so auch die Onkels und mein Vater abgereist seien. Der Zug ächzte und kletterte die Hügel an der Donau hinauf.

Das Bataillon zog die ganze Nacht durch feuchte Fluren und Stoppelfelder. Die kleinen Feuerchen der

Zigaretten schaukelten. Leise wurde angehalten. Wir spürten, daß sich rechts und links durch Nacht und Felder Kolonnen bewegten. Die Artillerie schwatzte, rasselte und fluchte. Wir gingen durch weiße, leere Häuser, zertretene Gärten, und überall fanden wir nur Gurken, viele in Wasser eingelegte Gurken. Wir lagen in Haufen um einige Hügel; wir wußten, daß wir uns von allen Seiten sammelten. Die ersten Frühnebel fielen: In der Morgendämmerung schleppten wir uns zu einer Anhöhe und begannen, uns einzugraben. Ich tat es nicht. Ich war unausgeschlafen und müde.

In einem feuchten Kartoffelacker gruben wir uns ein, und endlich brach ein schöner Augustmorgen an. Hinter uns in einem Wäldchen hatte jemand die ganze Nacht zur Harmonika gesungen, etwas Trauriges, Tschechisches. Sonst war alles still und stumm. Direkt über uns spielten die roten Wolken Verstecken. Langsam begann auch die Erde, ganz rot zu werden. Da leuchtete und blitzte es hinter uns mit wildem Bellen. Sie schossen einige Klafter über unsere Köpfe hinweg. Einer fluchte und fiel in den Graben. »Dekkung!« rief man einander zu, und alles verkroch sich in den Schützengraben.

Stroh wurde herbeigeschleppt, das man irgendwo gefunden hatte, dann hörte man Kauen und Kichern aus den Gräben; über uns zerschnitten die Granaten donnernd die Luft. Es begann tief und dumpf. Neben mir lag ein Handlungsgehilfe aus Weißkirchen, der gute Junge Radulović. »Es wird einen Durchbruch geben«, sagte er. Schweigend lasse ich den Kopf hängen. Hinter mir höre ich den, der schon monatelang den »Traum der Muttergottes« las, und ich senke wieder den Kopf. Ich beginne, Brot zu essen, das ich mit Zucker bestreue. Ich höre, wie sie bei den Kanonen hinter uns Befehle und Zahlen schreien, und ich huste leise und beschwerlich, huste. Links von uns sehe ich, wie in einem ärmlichen Weiler die Leute zum Dorfausgang eilen.

Tschiii – uuu – bum, die erste russische Granate. »Hinter uns«, hörte ich jemanden flüstern. Dann bäumte sich die Erde hoch auf, und einige Pferde fingen an, den Berg hinunterzulaufen. Oben spielten die Wolken auch weiterhin Verstecken, und es hörte sich an, als ob vollbeladene Güterzüge durch die Luft glitten. Die Russen überschütteten den Kartoffelacker mit Schrapnellfeuer, und dann war wieder nichts. Weit hinter dem Berg knatterten schrecklich die Maschinengewehre.

Etwa um zehn Uhr kommt ein Soldat. Er liest uns den Befehl vor. Wir hängen den Tornister um. »Vergeßt den Zucker nicht«, höre ich einen Kameraden flüstern. Wir ducken uns und gehen durch die Gräben dem Dorf zu. Die Kanonen spielten verrückt. Oben auf dem Hügel liefen einige Gestalten mit Stangen in den Händen. Sie wurden mit Gewehrfeuer eingedeckt. Einer stürzte. Wir liefen leise durch das Dorf.

Vor den Häusern standen schmutzige Frauen und viele, viele zerlumpte, schmutzige Kinder. Eines lief lange neben uns her und bettelte mich an, aber was es wollte – ich weiß es nicht. Ein Judenkind, schön, schwarzbraun. Bei den letzten Häusern, in einem Pflaumengarten, zitterte das Laub im Kugelhagel. Wir gingen tiefer in die Gräben.

Da sitzen die Verwundeten, blutig, verschmutzt, sie schlottern, sie frieren. Einer liegt auf dem Bauch in den Blutlachen. In den Schluchten sitzen sie, liegen sie, schießen. Gegenüber auf dem anderen Hügel sieht man im Nebel des Rauches und der Erde, die staubt und hochwirbelt, die russischen Drahtverhaue. Aus einem Loch ruft mir ironisch einer auf ungarisch zu und flucht abscheulich. Rechts von uns kommen wie Ameisen die Schwärme des dreiunddreißigsten Regiments aus den Gräben und stürmen mit schrecklichem Gebrüll, Rufen und Wehklagen. Wir winden uns durch den Stacheldraht. Einer lästert auf deutsch die Mutter und nennt uns Hunde. Ich sprang heraus.

Die ganze Luft um mich zitterte, als ob sie voll von Geschossen wäre. Ich fiel in ein Kornfeld. Vor mir wirbelte die Erde und spritzte auf. Ich lief wie verrückt. Wir stürzten in Pfützen. Neben mir fiel einer in den Morast.

Vor mir im Gras lagen Pantinen, rechts von mir sah ich zähnebleckende Tote mit komisch verkrampften Beinen und starren, merkwürdig starren Knien. Oben vor uns sprangen Russen in gelben Mänteln herum; sie waren komisch und fett. Sie liefen in den Wald.

Wir legten uns wieder hin. Links von uns brannte ein Dorf mit schrecklichem Qualm, der sich nicht von der Erde erheben konnte. Und wieder liefen wir. Im Wald wurde grausam geschlachtet. Leute kamen angerannt, außer Atem, schreckerfüllt – sie wollten fliehen. Wieder gruben wir uns am Waldrand ein. Ich liege und atme, atme schnell; aus der Nase fließt mir langsam das Blut. Piijjuu – fitsch … schlägt ein Geschoß neben meinem Kopf in die Erde. Alles ist so verworren. Sie schießen von rechts und links. Ich presse das Gesicht in die Erde und atme, atme. Ich bebe von diesem mühsamen Atmen.

Dann erhoben sich alle wieder, und wir drangen weiter in die dichten Wälder vor. Ich habe überall geschlafen. Aber im Morgenrot wurde ich immer wach. Morgenröten sind wunderschön. Die goldenen Wälder, meine jungen, guten, galizischen Wälder. Langsam kamen wir durch sie nach Podkamień. In den russischen Gräben lagen viele Fußlappen und blutige Hemden, zerbrochene Gewehre, Tote, ein greuliches Durcheinander. Meine Leute, die noch vor zwei, drei Tagen gesungen hatten, lagen vor diesen Gräben mit eingeschlagenen Schädeln. Verlauste, ungewaschene, kraftlose, gelbe, stinkende Männer, einige noch lebend mit stupidem Blick, im Begriff, den Geist aufzugeben. Einer von uns erblickte seinen Bruder, der da zwischen ihnen lag. Er erzitterte und schrie gräßlich auf. Das Bataillon stampfte und stapfte weiter durch die Wälder …

Zu jener Zeit tanzte man Tango, und wir Banater trugen seidene Strümpfe. Ja, dieses Studentenleben wie in Heidelberg gab es nicht mehr. Wir waren sehr verschieden. Die Tage gingen dahin. Ich lernte. Meist saß ich dort, wo man über die Bewegungen ganzer

Schichten von Elenden und Enthusiasten sprach. Das liebte ich. Dieses rote Blut, das auf den Straßen vergossen wurde. Da saß ich mit einigen Polen und Juden zusammen, und wir hörten die Geschichte der russischen Seele; sie kam wie ein gewaltiger Nebel aus dem Osten. Und ich wußte, daß ein schreckliches Gewitter kommen mußte, das dieses eintönige Leben ohne Mark und Schmerz sprengen würde. Bücher, ganze Berge von Büchern lagen überall im Zimmer herum; draußen war ein unheilvoller Frühling, von dem noch keiner ahnte, was er bringen würde. Und wir trugen seidene Strümpfe und verbrachten ganze Tage auf der Straße und in den Kaffeehäusern. Wir wollten die Welt retten – wir, die slawischen Studenten.

Wer weiß? Vielleicht wird es eines Tages das alles nicht mehr geben in einer Kunst, die weder sagt, was sie will, noch erklärt, was das, was sie sagt, bedeutet. Vielleicht wird es das Reden und Schreiben und das Entscheiden nicht mehr geben, daß dies der Tod ist und jenes die Liebe, dieses der Frühling und jenes die Musik. Wer weiß? Ich erinnere mich, damals unterschrieb ich meine Briefe mit »Der arme Yorick«, und die Mutter ging den ganzen Tag bei den Nachbarn herum und fragte, was das sei, ein Yorick. Nun, so lebte man vor dem Kriege. Ach, ich war jung und hatte so schöne, schlanke, weiße Flügel und Schultern.

Radulović brachte mir Zwieback. Wir ließen uns mit schmutzigen Weibern ein, und überall kauften wir Schokolade. Aus Złoczew brachten wir ganze Körbe voll Eßbarem an. Auf dem Marktplatz sah man einige erhängte Ruthenen. Auf der Hauptstraße erwischten uns drei schwere Granaten. Es gab schon ziemlich viele Tote. Wir gewöhnten uns daran.

Die Wälder wurden immer schöner; goldene, rote, junge Wälder. Ein Gefühl der Trauer hatte mich befallen. Während der Nacht schüttelte mich das Fieber. Ich hustete und ging gebeugt weiter. Sie schlugen mich nicht mehr. Und die roten, jungen, verwelkten Wälder mit dem warmen, süßen Nebel behüteten uns, sie bewahrten uns und gossen diesen Nebel in unsere Seelen, für immer, für das ganze Leben.

»Pak, pak«, hörte man die Geschosse durch die Bäume fliegen. Wir hatten die Seitengewehre aufgepflanzt. Es war vor Mittag. Keiner hatte eine Ahnung, wo die Russen waren und wohin wir gingen. Dickicht und Gestrüpp zerkratzten uns. Wir verließen den Wald; über Stoppelfelder kamen wir zu einem Hügel. Als wir aus dem Wald traten, barst das Tal vor uns. Auf einen Schlag knallte es von rechts und links. Erde überschüttete mich, und ich landete in den Kartoffelbeeten. Ich vergrub das Gesicht in die Erde und atmete und atmete. Schauderhaft krächzte hinter uns der Wald und bebte unter dem Hagel der Schrapnelle. Neben mir stöhnte einer, und gleichzeitig fing er an zu singen. Ich hob den Kopf. Hinter den Ohren war er ganz blutig, er schluckte Blut und bekam keine Luft. Er richtete sich zum Sitzen auf, dann fing er wieder zu singen an, sprach von Frau und Kindern, nannte mich beim Vornamen und schaute mich an; nur mich schaute er an. Ich vergrub das Gesicht in die Erde und schwieg. Die Sonne brannte. Um mich herum liefen sie und schrien sie. Ich schlief ein. Dieser Schlaf überkam mich immer, wenn ich lag.

Als ich aufwachte, fiel wieder Nebel, abendlicher Nebel auf uns herab. Hinter dem Wald jagten zwei Automobile davon. Leise erhoben wir uns. Einer hinter dem anderen gingen wir zurück in den Wald. Und als die Dunkelheit hereinbrach, begannen wir wieder mit unserem Marsch durch die Felder. Man rauchte und lachte. Mein Zug summte leise. Auch daran hatte ich mich gewöhnt. Und wieder gingen wir und gingen wir. Dann waren wir in der Nähe der Batterien, die sich am Rande der feuchten, schrecklichen, düsteren Wälder eingerichtet hatten.

Den dritten Tag schon fiel Regen. Die völlig eingeweichte russische Stellung auf dem Hügel war ausgestorben. Sie mußten sich irgendwohin zurückgezogen haben – in die unterirdischen Laufgräben. Die Wälder dampften in Schwaden. Wir lagen schon den dritten Tag im Graben, eng einer am anderen. Im schlimmsten Feuer hatten wir uns eingebuddelt.

Fieberanfälle schüttelten mich. An diesem Tag war ein Lehrer aus Sombor zu den Russen übergelaufen, dafür stießen sie mir mit der Faust in die Brust und ohrfeigten mich. Mit trüben Augen schaute ich um mich, den ganzen Tag pfiff ich vor mich hin. Wieder konnte man hören, wie sie über Zechkumpane und Braten, über Schlägereien in der Kneipe, über die Frauen redeten und wie sie den »Traum der Muttergottes« lasen. Drei Slowaken bemühten sich den ganzen Tag, über einer Kerzenflamme etwas zu kochen. Nach oben hatten wir uns mit Zeltplanen abgedeckt, aber es regnete durch und tropfte. Wir saßen und lagen im Dreck. Auch die Hetzjagd durch Syrmien und die versengte Sava-Ebene war schwer gewesen, und wie schrecklich im Sumpfgebiet bei Rača: immerfort Ohrfeigen und Flüche. Aber das hier war Wahnsinn in diesem Meer von Morast. Alles feucht, immer Regen, zerstörte Häuser; das Wasser, das wir tranken, war schlammig, das Brot war voll Dreck.

Im Morast vor uns lag einer die ganze Nacht, jetzt erst bemerkten wir ihn. Er lag da, steif und schmutzig, er stank gräßlich. In der rechten Tasche hatte er Brot und in der linken dreizehn Forint und sechsundzwanzig Kreuzer. Eine Karte mußte geschrieben werden. Man wußte, woher er war. Er hieß Lalić. Die Mehrheit schlug vor, das Geld nicht dem Offizier zu geben, sondern zu behalten, um es zu vertrinken. Sie sagten, wenn er könnte, würde er selbst das auch so bestimmen; er liebte es, andere einzuladen.

Am Nachmittag setzten die Kanonen wieder ein. In den Wolken der gelben Erde und in dem Morast, der hochspritzte, verschwand die russische Stellung. Wir kamen langsam aus den Stollen und setzten zum Sturm an. Doch die meisten gingen ruhig und langsam, keiner hatte mehr Kraft zu laufen. Alle gingen leise. Stöhnen war zu hören, ringsum dröhnte die Erde, spritzte hoch. Da und dort kippte einer um, schrie auf. Ich taumelte unter der Last: Das Fieber schüttelte mich. Ich fühlte, daß jemand neben mir ging. Beide waren wir am Ende unserer Kräfte. Die

Erde spritzte, knallte empor. Ich sah die gelben Mäntel der Russen, die aus den Gräben sprangen. Die Erde und der Draht vor ihren Stellungen wirbelten von den Schlägen der Kanonen in die Luft.

Ich erreichte den Stacheldraht. Vor mir stürzte einer, krümmte sich und hüpfte herum. Ein Geschoß hatte ihn vom Kopf bis zu den Fersen gestreift. »Auf geht's«, sagt Radulović und erhebt sich. Neben uns laufen einige. Ich sehe, daß mir Blut aus der Nase tropft. Da sind welche, die sich Spaten vor die Stirne halten. Sie springen in den Graben, schreien entsetzlich, schrecklich brüllend laufen sie in den Tod.

Ich legte mich nicht hin, sondern ging langsam weiter. Jetzt würden sie mich töten, sicherlich würde mich einer dieser großen, dicken, gelben Russen, die wie verrückt herumsprangen, töten.

Ich legte mich hin. Die Reserve wälzte sich über mich in den Graben. Überall lagen zähnebleckende Männer im Dreck. Ich weiß nicht, warum jeder Verwundete halb entkleidet ist. Und sie schreien, ach, sie schreien so ausdauernd. Und ich liege einfach da, ohne Kraft.

Ich lag auf dem Wagen und sah nur den gekrümmten Rücken dessen, der mit »brr … brr …« die Gäule lenkte und sie ständig anfeuerte. Der Wagen war in dem Morast kaum zu ziehen. Der Fuhrmann drehte sich öfter um und blinzelte unter seiner Pelzmütze hervor. Neben mir lag noch einer. Wir kamen an verlassenen Dörfern vorbei, da standen einige elende, schrecklich arme, zerlumpte Juden. Da gab es schöne russische Kirchen, feuchte Wälder, die dampften. Und Schmutz gab es. Ein großes Meer von Schmutz. Hunde streunten durch die Dörfer, Hunde und elende, schmutzige, getretene Jüdinnen. Mädchen von zwölf Jahren, von zehn Jahren boten sich an. Überall sah man Wagen, jämmerliche Pferde und unendliche, schlammige Wege. Auf den Straßen lagen Verwundete. Am Nachmittag kamen Autos, um uns abzuholen. Und die Sonne, eine milde, gute Sonne ergoß sich über Häuser und Wege. Ich lag auf einer Wolldecke, der Husten schüttelte mich, und auf meinem schmutzigen Taschentuch blieben nach jedem Anfall rote Flecken von meinem Blut zurück. Schließlich bin ich auch da eingeschlafen.

In einem Hof hielten wir an. Um uns herum schaukelten Laternen; sie hoben uns, einen nach dem anderen, hoch und trugen uns hinein. Am Morgen führten sie uns gelb und halbtot ins Bad; aus der anderen Türe kamen wir lachend wieder heraus. Ich trat ans Fenster und sah unter mir ein weißes Städtchen, voll von Bächen und Mühlen.

In einem grünen Mantel und einer schildlosen Mütze schleppte ich mich wie ein sonderbarer Schatten lächelnd zu den Bächen, wo die Wassermühlen sangen. Ja, sie sangen, sie sangen für mich. Sie wußten, woher ich kam, und ich lächelte. Wie eng waren die Gäßchen! Alte Frauen betrachteten mich traurig und mitleidig. Und die Sonne? Ach, diese milde Sonne, ich werde sie niemals vergessen. In meinen Händen zitterte etwas Warmes und Leidenschaftliches.

Das Leben, das junge Leben spielte so geschickt Billard in dem unbekannten Kaffeehaus in der Stadt – ich nicht.

Wer bist du? Wer bist du mit den warmen, gelben Augen im abendlichen Nebel? Bin ich vielleicht noch nicht so krank und schwach, daß ich dich berühre? Wie ist deine polnische Sprache so matt und zart. Was bist du so gut zu mir; dazu bist du nicht berufen. Warum schaust du mich so lieb an. Deine Bluse fällt mir über den Kopf, der brennt und mir Pein bereitet. Fieberschauer schütteln mich. Wer bist du, du Herrliche, Schöne, Leidenschaftliche zwischen den Spiegeln und Gläsern im Schatten des Kaffees. Nein, ich will dich nicht; ich will, daß du hinausgehst. Schau, hast du diese Brunnen gesehen? Hör doch, wie sie lieblich murmeln, wie sie zärtlich gluckern. Mir tut es ehrlich leid, daß ich nicht gestorben bin, aber das macht der Herbst. Diese milde Sonne, die sich über die weißen und reinlichen Häuser ergießt. Was wollen jene Wälder von mir? Dort hinter den Bergen rufen sie mich, sie lachen fröhlich mit mir. Warum berühre ich so zärtlich die Wände? Wohin gehe ich; ich habe niemanden in dieser Stadt, und ich weiß den Weg nicht. Warum sehen diese Leute mich so an?

Schau, Süßigkeiten. Nichts wie hin! Junge Mädchen sitzen da, ausgestattet mit kleinstädtischer Eleganz; meine Finger zaudern. Messerchen, ihr kleinen silbernen, warum schämt ihr euch meiner Hände? Ach ja, sie sind aufgewachsen im Schmutz, der nicht abgeht, und die krummen, abgebrochenen Fingernägel erschrecken euch. Die etwas leichten, ein wenig verdorbenen Mädchen kichern, und ich lächle. Ich wählte mir eine aus. Diese! Wer würde über mich lachen? Sie hieß Lucia. Sie lachte viel und über alles, sie trug etwas abgenutzte Handschuhe, und ich fing an, sie spaßhaft und lieb zu bitten. Ich vergaß die Begierde und betrachtete den warmen – ich fühlte es im voraus – warmen Mund. Ihre Freundinnen ließen uns lachend allein. Wir gingen zu den Wassermühlen. Sie fürchtete, daß sie jemand sehen könnte. »Wenn ich nicht Ihren Studentenschmiß bemerkt hätte, dann hätte ich Ihnen nicht erlaubt, mich zu begleiten. Denken Sie, ich sei verdorben?«

Oh, was habe ich denn gedacht? Ich war erfüllt von Lachen. Sie ärgerte sich nur darüber, daß ich krank war; sie dachte, ich sei verwundet. Es gefiel ihr nicht, daß ich so unkultiviert war. Sie sagte, daß man bei ihr mit Feinheit mehr erreichen könnte.

An diesem Abend, so erinnere ich mich, war ein seltsamer Himmel. Der herbstliche Himmel ist immer seltsam. Wir trafen uns vor dem Krankenhaus, sie wartete auf mich. Mit zitternden Händen zog sie einen Schlüssel heraus und zeigte ihn mir; sie konnte bis Mitternacht bleiben. Wir gingen durch die Straßen, durch die rotes Laub stöberte. Sie fragte mich, was für Kirchen die Serben hätten, und kniff mich vor Leidenschaft. Sie wollte mit der Kutsche fahren; ein alter Fiaker nahm uns auf. Sie lag mir an der

Brust, entflocht ihr Haar, ihr ach so blondes, liebliches Haar ohne jenen schweren, betäubenden Duft schwarzer Haare in der Dunkelheit. Um uns schlängelten sich die Laternen. Der Wagen fuhr durch gelbe, goldene Wälder, über Hügel, und der Himmel war voller Sterne.

Irgendwo weit weg im Süden beteten jetzt einige Frauen für mich. Und irgendwo weit weg im Norden lagen meine Männer schmutzig, verlaust und hungrig im Dreck, zitterten vor Kälte, in der dumpfen Erwartung, daß eine Granate irgendwo niederstürzen würde. Das »Hundsregiment«, wie sie uns nannten.

Wir erreichten den Waldrand und gingen zu Fuß weiter. Sie drängte sich ängstlich an mich. Hier hatten unlängst einige Soldaten ein Mädchen grausam getötet. Wir gingen in den schwarzen Wald mit seinen roten Wipfeln. Die Blätter fielen auf uns herab, und ein rötlicher Mondschein ergoß sich über das Laub und führte zu Tränen und schmerzlichen Zärtlichkeiten. Ich küßte sie, als ob ich in der ganzen Welt außer ihr niemanden hätte. Ganz irre, gequält und schwer atmend, flüsterte sie bitter, wie sie alles anwidere, wie alle sie verführten und was für Schurken alle seien. Die Mutter plage sie den ganzen Tag, aber sie würde trotzdem ehrenhaft bleiben. Das Städtchen unten brannte im roten Mondschein, und um uns zog sich die preußische Grenze mit ihrem weißen Gestein. Ihre weiße Wäsche war parfümiert. Diese naive Achtsamkeit, diese Vorbereitungen rührten mich im voraus, und ich sagte ihr das. Sie war verletzt. Im Dunkel sah ich ihren Kopf nur ein wenig, aber ihre

Hände waren unendlich lieb; sie fürchtete nur, daß ich schlecht von ihr denken könnte. Weit um uns verblaßte das Städtchen mit seinen weißen Häuschen, die so klein waren wie Kinderspielzeug. Plötzlich schrie sie leise auf. Ein Vogel war aufgeflogen und schlug gegen einen Baum. Sie stöhnte schmerzlich auf und sah ihm nach in den Wald. Im Mondschein war sie schrecklich bleich und schön. Unten im Städtchen spielte die Militärmusik.

Wem schreibe ich das? Den Jünglingen; vielleicht meinem bleichen, ausgemergelten Sohn. Um mich quirlt die Narrheit des Krieges, alles bricht unter mir, und ich betrachte lächelnd diese Horden und gehe von Stadt zu Stadt. Scharen einsamer Frauen, Horden betrügerischer Händler, Horden von Arbeitern, Scharen von Kranken und Toten. Riesige Städte, Wälder und Felder, dunkle und kalte Bahnstationen. Kinder und Frauen. Die besoffenen Haufen derer, die sich jetzt bereichern. All das sehe ich und betrachte es lächelnd. Ich gehöre niemandem, ich habe niemanden, weder einen Bruder noch einen Diener noch einen Herrn. Ich betrachte die stillen, blauen, feuchten, frühlingshaften Straßen. Schlanke rote Brücken im Sonnenuntergang, wie ich sie am meisten liebe. Sie sehen mich ewig heiter, selten einmal müde, fast immer lächelnd, keinem gehörend. Ich erzähle es den stillen und feuchten, frühlingshaften Straßen, über den Wassern, in den Städten, die gelb sind vom herbstlichen Schein; ich erzähle ihnen über sie, die

Schlanke, die Blasse, die Nebelige, über sie, die Jugend. Wer weiß, wohin und warum sie mich auch führt, ich folge ihr. Ihr gehören die blutigen Wälder, ihr gehören die Toten, ihr gehört meine Gesundheit, ihr huldige ich, vor ihr liege ich auf den Knien als dem einzigen Guten und Ewigen. Meine bedächtige, ironische Liebe ist schon lange nicht mehr laut. Ach, das ist alles so lächerlich. Ich bin ohnmächtig, traurig und nachdenklich. Es ist mir nicht gegeben zu leben. Auch ich habe bei Pont-Neuf gekämpft. In weißen Visionen bin auch ich gebeugt mit dem Zaren über das Eis der Beresina gegangen. In irren Träumen lag auch ich zu Füßen Neros, als Rom in einem Feuermeer brannte und Poppaea mit schlanker Taille vorüberging und dem Freund zulachte, der mit schäumendem Mund den Namen Homer schrie und beim Sonnenuntergang das Meer besang. Auch ich saß bei den Fischern und zog durch die Häfen, wo sich die Mädchen so billig anbieten, und auch ich bin, verlassen von allen, bis zu den Knien in Schlamm und Schnee neben den Eisenbahnschienen gewatet, durch finstere Wälder ohne das Zwitschern auch nur eines Vogels. Auf buntbemalten Booten schwamm ich mit den Fischern von Chios still im Morgenrot, das tränenreich daherkam und einen duftenden, leuchtenden Mund hatte. In dunklen Schneestürmen saß ich über Kamtschatka und sah zu, wie die Berge langsam zerfielen, donnernd und polternd, in Haufen wie Tausende von Skeletten und nackter Schädel. Im Geist zog der leichtfertige Balzac mit zerzaustem Haar an mir vorüber, sauste General Bolívar blutig und jung vorbei; und nachts kehrte ich nach Hause zurück und sah die Kinder zu sechst in einem Bett liegen, in Lumpen und auf feuchten Fußböden. Ich lag am vom Duft des Flieders benebelten Abend mit trüben Blikken in den Armen einer Frau und schaute aufs Meer hinter dem Spliter Friedhof. So habe ich mich von allem befreit und bin abtrünnig geworden. Nichts mehr verbindet mich weder mit dem Guten noch mit dem Bösen. Ganz erschüttert und ängstlich halte ich mein kleines Leben in den Händen und wundere mich darüber, so wie der Eunuch den Ring der Sultanin in Händen hält, während diese badet. Es ist in meinen Händen, doch es ist nicht mein. Ich bin müde, zufrieden und nachdenklich, und ich lächle. Was heißt es schon für uns, drei Millionen Menschen zu töten. Wir sind frei und wissen, daß der Himmel überall in der Welt gleich blau ist. Der Tod ist noch einmal gekommen wie irgendwann vor langer Zeit, aber nach ihm kommt die Freiheit. Wir werden wissen, daß der Himmel überall schön ist und daß nichts uns aufzuhalten vermag. Alles ist zugrunde gegangen, aber das wird sich mit einem Aufschrei von einem Ozean zum anderen ausbreiten. Die nachdenklichen, bleichen Gesichter, all diese bitteren, männlichen, müden Köpfe, wenn sie von den blutigen, unübersehbaren Grenzen zurückgekehrt sind, werden begierig sein auf das, was bisher nur Pflanzen und Wälder und Wolken wagten. Wir haben gelernt, tiefer aus dem Leben zu trinken als je, seit die Welt besteht. Entsetzt, ängstlich und wachsam betrachte ich das Leben und halte es in Händen, die zittern, und um mich sehe ich Wälder, Wege und Himmel.

In der Morgenröte komme ich nach Hause. Da steht der Berg grün, und die Sonne duftet nach dem Wald, wo auch ich in einer warmen Nacht im Mondschein getanzt habe, wo ich betrunken den Trinksprüchen der Schneiderjugend und dem einsamen Flüstern der Fräuleins lauschte. Die lächerlichen Gräben, die nach Weißkirchen hin vor den Serben schützen sollten, die doch nicht gekommen sind, gähnen, schlafen und sonnen sich. Vor mir im Nebel taucht schon mein altes Haus auf, um mich aufzunehmen. Ich verstumme, meine Stimme ist kaum zu hören, steige aus dem Zug, gebeugt und müde. Es läutet, es läutet immer, wenn ich nach Hause komme.

Sie empfangen mich und weinen. Meine Mutter liegt im Sterben. Man führt mich in ein fremdes Haus. Die Tanten umarmen mich und weinen.

Vor der Nacht hatte die Sonne die Kornfelder überflutet, und ich bin ruhig geworden; nichts tut mir so leid wie ich mir selber. Als eine Wachtel aufflattert, erinnere ich mich der Erde, lege mich in das versengte Gras und schweige. Ich warte auf den Abend, daß sie mich zur Mutter bringen.

Feuchte Mondlichter mit leuchtenden Stirnen kommen und legen sich in die Brunnen. Das Herz schwingt sich empor, setzt sich auf eine Sternschnuppe und fällt im Sturzflug herab. Es fällt vor uns nieder, wir heben es auf und betrachten es, und es lächelt. Um uns, in der Nähe, fließt Wasser; wir fangen laut zu singen an, plötzlich bemerken wir einen düsteren Baum, und alles verstummt wieder. Wir legen uns nieder und nehmen die Nacht voller Sterne an die Brust; das Herz klopft nicht mehr. Sanfte, müde Hände streifen durch das Gras, und zwischen den Fingern quillt Erde hervor, die einen verlassenen Geruch hat, voll unendlichen Dunkels. Irgendwo hinter dem Haus klirrt eine Sichel und strömen Tränen. Von den Pappeln fallen Blätter, und noch ist nicht Herbst. Aber doch, im Maisfeld ist er schon eingezogen. Im Maisfeld hinter dem Haus, wohin meine Tanten gehen werden, um sie zu empfangen. Serben weichen niemals zurück. Sie werden kommen. Ihre Offiziere sind jung und schön. Alle ihre Offiziere sind jung und schön. Alles ist schon vorbereitet. Der Gesangverein und die Prozession werden ihnen vorausgehen. Sie werden auch in mein Haus kommen; das alte silberne Geschirr steht bereit. Sie werden kommen. Durch das Maisfeld kommt nächtens der Herbst. Noch sieht ihn niemand, nur sein Tau bleibt im Morgenrot zurück. Und weit hinter den Akazien, irgendwo weit weg, wo die Felder dunkelbraun sind und wie Kupfer glänzen, steht ein einsamer Baum am Horizont, er steht schon lange Jahre und schaut auf mich und den Schornstein meines Hauses.

Die Tanten erzählen mir. Ich sehe verwehte ungarische und deutsche Städte. Beleuchtete Fenster der Zinzarenhäuser, wo man sie gerne aufnahm. Man lebte immer in der Fremde. Man zog um, zog um. Und lungenleidend starb man zu Hause in der Heimat. Schneetreiben, einsame Gäßchen, schwarze, verschlissene Mäntel. Tamburizzen blinken unter dem Arm, und ein Lied erklingt, gerade unter einer schiefen, betrunkenen Laterne. Der Kolo stampft. Draußen fällt Schnee, drinnen brennen schwarze Augen wie Feuer. Diese Glut ist unvergänglich wie der Duft dieser Ebenen, die schon den Herbst sehen, wie er in der Nacht durch die Maisfelder kriecht und sich am Morgen im Tau herausschleicht.

Mit krankem, bitterem Lächeln betrachte ich sie alle. Mich, den Gebeugten, Geschundenen, wie ich huste, und jenen, der irgendwo in Odessa weilt und doch schon unter ihnen ist, und jenen, der halbbetrunken zu einer der schrecklichsten Stellungen bei Caporetto aufbricht; und schließlich jenen, der medaillengeschmückt vor dem Wald saß und vielleicht an mich dachte, als er in einem einzigen Wirbel von Granaten umkam.

Überall jagen Horden einander, streifen umher. Da, wie das Vieh laufen sie auf Horodenka zu, wie das Vieh verrecken sie. Schau sie an, wie sie sich untereinander abschlachten, im Höllenlärm der Wälder und des Morastes, in der Agonie blutiger Hände und Gedanken. Millionen halten sich in den Städten bereit, wo Meere babylonischer Türme stehen, wo der Sturm aus Stahl ist und das Donnern aus Eisen, bei den riesigen Häfen voll mit Schiffen. Und die monströse Freiheitsstatue steht da und schaut über den Ozean. Nur dort, wo unter dem makedonischen Himmel die Fenster blitzen, wo überall die Armut hervorschaut, dort erklingt ein Lied.

Es schneit. Aus den Wäldern von Černa naht Weihnachten. Leises Singen am Grab, Rotwein in den

Häusern. Unter den Zweigen voll Schnee, Stille und Weihnacht sitzen die ohne Zuhause, ohne Kinder, die Blutigen, die Stolzen: die Letzten.

Sie hätten kommen müssen. Meine Tanten warten noch immer auf sie. Doch dort, wo ich sie zu sehen glaube, wenn ich aufschrecke, sehe ich nur Felder, dunkel wie Kupfer, verschüttete Gräben, leer und von Gras überwachsen wie Gräber; und Maisfelder, durch die der Herbst herannaht, aber so, daß ihn noch niemand in der Stadt sieht.

Sie ließen mich zu ihr, als sie sich anschickte, ihr Leben auszuhauchen. Sie hatte mehrere Zähne verloren, und dieser Mund erfüllte mich mit schrecklichem, heimlichem Grausen. Um uns waren viele alte Weiber und meine Tanten, die unablässig von Krankheiten und Toten sprachen. Im Zimmer hatten sie in Wasser und Essig getränkte Laken ausgebreitet. Ihre Beine schauten unter der seidenen Steppdecke hervor. Einige Male lächelte sie und nannte leise meinen Namen, bat mich, ich möge mich hinlegen, um mich von der Reise auszuruhen. Sie erzählte, wie sie in letzter Zeit viel allein gewesen sei und wie schrecklich man sie in der Eisenbahn transportierte und herumstieß, als sie das letzte Mal reiste, wie man sie während der Krankheit bestohlen und wie sie in letzter Zeit gewünscht hatte zu sterben. Und als ob es etwas Übliches wäre, sagte sie mir, was ich nach ihrem Tode zu tun hätte.

Ich mußte ihr Bild heraussuchen, auf dem sie mit achtzehn Jahren abgebildet war. Sie quälte sich, während sie lange über dieses Bild erzählte und mich bat, es immer auf meinem Tisch aufzustellen.

Und gerade als ich mich vor Tagesanbruch hinlegte, weckte mich ein Aufschrei und das Singen der Frauen.

Sie starb und ließ mich nicht wecken.

Die alten Weiber hoben die Röcke hoch und liefen über den Hof, weinten und hüpften herum; eine fiel neben dem Bett hin und jammerte. Dieses Jammern drang wie das Geheul verängstigter Hofhundc durch alle Türen und Wände. Und erst als es hell wurde, sah ich, wie einige Frauen durch das Haus liefen, Wein zapften und Schnaps tranken. Unbekannte Alte kamen zu mir und wollten die Schlüssel von mir haben. Und während ich schwerfällig und ganz aufgedunsen durch das Haus streifte, fühlte ich wie auf ein Kommando aus dem Sterbezimmer, daß alles schon fertig war. Das erfüllte mich mit wahnsinnigem Grauen. Ich stand am Fenster, starrte auf die Dächer, auf die Wand der großen leeren Kirche und erschauerte. Und während ich, mich an den Kopf fassend, durch den Vorhang sah, wie sie sie nackt hochhoben und badeten, ganz gelb, schwarz geworden und vertrocknet, und dazu Schnaps einschenkten und tranken, da begann mich eine wahnsinnige Angst zu packen.

Der Priester kam. Er las die Gebete, strich sich ständig den Schnurrbart, ging in die Ecke und suchte den Spucknapf.

Meine Augen wurden ganz müde. Ich verbarg mich in einem Zimmer, wo kleine, seidene Kisselchen lagen, umflochten mit alten Stickereien und Verzierungen. Sie kamen, mich zu rufen, denn der Geistliche verlangte nach mir. Er sprach zu mir von der Mutter, dann fing er plötzlich an, lateinisch zu reden, lachte und erwähnte die Blindenakademie von Karlovac. Er saß da, und ständig hob er den Finger und sprach: »Quousque tandem abutere ...«

Unaufhörlich klang Wehklagen aus allen Zimmern, durch alle Wände: »O weh, o weh, daß du doch aufstehen könntest, daß du deinen schönen Einzigen sehen könntest ... o weh!« Mich überfielen immer wieder Qualen. Dieses Jammern trieb mich aus dem Haus. Da, als ich auf der Treppe war, fühlte ich plötzlich, daß jemand mit einer Nadel durch das Herz des toten Körpers stechen wollte. Mir versetzte es einen Schlag wie mit einer Peitsche, ich drehte um und stürzte ins Zimmer. Ich sah nur ein paar alte Weiber auf den Stühlen, wie sie sich bekreuzigten, mit der Kerze in der Hand dasaßen und ständig wiederholten: »Juh, Süße, wie gut wäre es gewesen, die Muhme zu fragen.« Als ich durch die Türe stürmte, erhoben sie sich erschrocken.

Nun fiel meine Hand schonungslos und unter meinem wilden Gebrüll auf den ersten Kopf, den sie erreichen konnte. Ein schreckliches Kreischen erfüllte das Zimmer, Stühle fielen um, die alten Weiber liefen unter schauderhaftem Singen zur Tür hinaus.

Die Bestattung fand am nächsten Tag statt.

Regen war gefallen, und so gingen wir im Schlamm. Schreiende Kinder mit Kerzenleuchtern und Popen auf dem schmutzigen Pflaster. Gerne wäre ich so ohne Unterlaß mit gesenktem Kopf durch den Schlamm gegangen. Ich fühlte, wie schrecklich das alles war. Der Friedhof war weit außerhalb der Stadt, dort wo die Pulvertürme standen, die häßlichen Müllgruben und die Ziegeleien. Hoch auf einem Hügel unter Pappeln lag unsere Familiengrabstätte. Links und rechts führten sie mich durch den Friedhof. Der Sarg ließ sich nur schwer tragen; zwei, drei Mal schien es, als ob sie ihn fallen lassen würden, dann schrien alle. Der Friedhof war voller Leute, die sich jeder zu seinem Grab verstreuten, weinten und wehklagten. Ich erinnere mich, daß sie mich an der Gruft anhielten. Von einem Zweig rann Regenwasser, Tropfen für Tropfen, auf meine Hände. Ich dachte daran, mich zu entfernen; aber ich blieb und starrte auf die Tropfen. Der Gesangverein sang, und der Duft von Weihrauch überrieselte mich. Ich sah den Geistlichen, wie er die Augen verdrehte und anfing, über Mutter zu sprechen.

Er sprach lange. Jemand schob mich von links, und nun fielen die Tropfen, einer nach dem anderen, langsam und schwer auf mein Haar. Der Geistliche hob die Arme hoch, und meine Tanten jammerten laut. Dann erhob sich neben mir ein Herr in Schwarz. Meine Tante neigte sich zu meinem Ohr und flüsterte: »Siehst du, Kind, das ist der Herr Präsident.« Er erinnerte an die Wohltäterin der Kathedrale, die der örtlichen Kirchengemeinde ein zweistöckiges Gebäude in Arad überlassen hatte. Er sprach in abgehackten Sätzen, atmete schwer und stotterte. Zwei kleine Schüler standen vor ihm, kniffen sich heimlich und stießen sich mit den Leuchtern. Plötzlich hob der Herr die Stimme: »Wir können sagen, daß unsere Kirche – und ich will nicht nur sagen, unsere Kirche, nein, auch unsere Schulen ihr ...«, seine Augen weiteten sich erschrocken, er stockte in der Rede, verkrampfte sich und stieß einen, der neben ihm stand, an und flüsterte: »Joco, Joco, wie nennt man das, um Himmels willen – Schicksal, ja Schicksal können wir sagen, ... ihr Schicksal sind!« – »Leicht sei ihr die schwarze Erde«, fügte er eilig hinzu, atmete schwer und verlor sich in der Menge. Erdklumpen fielen auf den Sarg, als man ihn hinunterließ. Eine meiner Tanten sackte über ihm zusammen und schrie verzweifelt.

Danach kehrten wir nach Hause zurück. Die Tische waren mit buntem Papier geschmückt. Ich schaute versunken auf einen schönen, altertümlichen Teppich und konnte die Augen nicht von ihm wenden. Der Geistliche sprach mir andauernd über den Tisch Trost zu, und neben mir bemerkte ich plötzlich eine schöne Frau, die ich nicht erkennen konnte. Sie schenkte mir immer wieder ein Gläschen Wein ein und fragte mich, ob ich nicht müde sei, ob ich mich nicht ein wenig hinlegen wolle. Da ich mich nicht an sie erinnern konnte, fragte ich die Tante, wer das sei. Diese lachte auf: »Du hast Maca vergessen; das schönste Mädchen. Sie hat bei Gott nichts, aber wenn ich euch zusammenbringe, wirst du es nicht bereuen.« – »Mein Seelchen«, fügte sie seufzend hinzu und schaute auf das Mädchen, das ganz rot wurde. Die Popen saßen lange und sprachen über die Verstorbene. Auf dem Tisch brannten schwere, duftende Totenkerzen. Maca schrieb Traueranzeigen. Sie war sehr schön, »gesund«, wie die Tanten sagten. Im übrigen bemerke ich, auch wenn es vorhanden wäre, selten etwas Häßliches an Frauen. Ihre Augen und das schwere, schwarze Haar, die Schultern und der Hals, in dem sich blaue Venen verbargen, erinnerten mich an einen Harem in einem Roman – ich lese oft Romane. Im übrigen sprachen wir alle über Romane. Auch sie hatte mich kurz zuvor über einen Roman befragt und gesagt: »Aber ich bitte Sie, das hat doch alles keinen Wert; drei Jahre lang führt er sie an der Nase herum, dann läßt er sie ertrinken und nennt sie einen Kanarienvogel.« In ihrer Schönheit lag etwas Schweres. Die Trauerkleidung mochte ihre Figur nicht weich umfassen, sondern lag auf ihren Knien wie eine schwere Bettdecke. Als ich den Duft der Totenkerzen wahrnahm, widerte mich plötzlich das Essen an, und ich schob den Teller zurück.

»Ihr müßt Euch verheiraten«, sagte der Geistliche. »Ohne Frau und Kinder seid Ihr kein rechter Mann.« Meine Tanten brachen in Lachen und Weinen aus, erhoben ein Geschrei und riefen im Chor: »Maca, Maca soll er heiraten«, kamen zu mir heran, küßten mich und strichen mir zärtlich durchs Haar.

Die Teller klapperten, und alle Augenblicke hörte man nur: »Oh, wo ist sie, sie soll aufstehen; hier, er ist gekommen. Ihr ganzer Wunsch war, ihn zu sehen, doch sieh da, sie geht von uns.« »Von uns«, fügte der Geistliche hinzu, während er in die Kerzen starrte, die immer gelber wurden und einen immer stärkeren Duft ausströmten. Totengeruch war auf dem Tisch zurückgeblieben und im Essen, nur im Wein war er nicht.

Als sie mich bleich und gebückt ins Zimmer führten, damit ich schliefe, küßten sie mich lange und lachten, um mich aufzuheitern; aber das kam alles nicht von Herzen.

Mein kalter Blick und das fremdartige, düstere und sarkastische Lachen erschreckte diese alten Frauen. Neben dem Bett fand ich einige alte, ausgebleichte Gedenkbüchlein und Karten aus den Bädern, auf denen sie damals mit »Deine Dunda« unterschrieb, einige Bilder von Karlsbad, von Offizieren, von Laienaufführungen und eine sehr alte Rose. Hinter dem geheizten Ofen verbargen sich Leichengeruch und ein schwerer Duft von Blumen, und sie lauerten mir auf, um mich zu umschlingen.

Hinter der Tür stand meine alte Tante, sie bemühte sich, mich durch den Vorhang zu betrachten, es schien für sie, als ob ich nicht atmete. Ich weiß, was sie bei sich dachte: »Als ob er nicht unser Kind wäre, was muß er gelitten haben, daß er so heruntergekommen ist. Bleich ist er, und er hustet. Alle sagen, er setzt Fett an, doch ich sage, das ist alles so verfault. Gott verzeih mir, als ob er aus Wachs wäre wie die Puppen im Panoptikum. Jeca hat recht.«

Und danach? Danach vergingen wieder die Tage. Um Mittag stand ich auf. Der Herbst wurde nochmals warm, und die Sonne kam hervor. Jeden Tag ging ich zum Friedhof, dort hatte ich in der Kindheit am liebsten gespielt. Irgendwo fiel ein Ziegel, irgendwo stürzte eine Mauer ein. Aber Tauben waren noch genug da. Ich öffnete die Türe der Hofeinfahrt, wo das hohe Gras voll war von Hühnern und Hunden, die sich dort versammelten. Ich ging an der kleinen Schule vorbei, wo man fröhliche Kinder singen hörte, an den Holzplätzen, die sich bis zum Friedhof hin aufreihten. Diese Holzplätze gehörten alle meinen Tanten. Im gelben Wasser lagen schwarze Kähne unbeweglich im Wind, der Sand und Federn über die Ufer wehte. Im Wind knackten die Bäume, und ich saß lange vor der Türe zu unserem Familiengrab. Durch die vergoldeten Gitter sah ich die Basilikumsträuße an der Wand, Holzkreuze und Bilder meiner vielen verstorbenen Ahnen. Dicke und dünne Frauen schauten da herab und Popen mit pfiffigen Gesichtern, wie das die Bilder Verstorbener so an sich haben, wenn ein sonniger Tag ist. Und viele Offiziere der Grenztruppe waren zu sehen. Über all das habe ich nicht nachgedacht. Ich kam her und saß da stundenlang. Da auf mich niemand wartete, saß ich so, verloren, lange da.

Wenn ich durch die dunklen Straßen nach Hause zurückkehrte, lauerten sie mir auf, führten mich in ihre Häuser. Die Tanten hatten beschlossen, mich zu verheiraten, und sie haben mich verheiratet. Alle wußten, daß man mich verheiraten müsse, und man hat es getan. Über mich wurde soviel beschlossen wie über alles andere und auch über den Krieg. Es gab welche, die spöttisch über mein gelbes Gesicht lächelten, aber die Mädchen sagten, ich sei schön.

Zuerst lauerten mir die Popen auf. Sie führten mich in ihre Häuser, in denen breite Betten standen und wo in den Fenstern Gläser mit Kirschen und Morellen rötlich schimmerten. Leise und lächelnd sprachen sie zu mir über den neuen ungarischen Katechismus, der ihnen gewisse Pflichten auferlegen würde, und fett wie sie waren, ließen sie sich schwer in die weichen Sessel fallen. Ihre Frauen trugen den Busen leicht aufgeknöpft, das Haar voller Spangen und unordentlich um den Hals geworfen.

Lachen gab es bei ihnen nur wenig, eher Lächeln. Die Frauen sahen mich liebevoll und gütig an, ab und zu verschränkten sie erschrocken die Beine, wenn sie bemerkten, daß diese schönen, drallen Beine in den weißen Strümpfen bis zu den Knien hervorschauten. Sie bedeckten sie schnell, wandten sich eilig ihren Männern zu und lachten: »Warum fragst du den Herrn nicht, ob wir ihn verheiraten sollen?«

Ihr herzliches Lächeln und ihr Händedruck schmeichelten mir sofort; doch dann überkam mich wieder eine große Langeweile. Ich betrachtete nachdenklich ihre Hände mit den unsauberen Fingernägeln. Mehrmals umringten mich die Popenfrauen allein in einem lächerlichen Salon voll Glas und Gläsern, auf denen die Helden vom Amselfeld bunt abgebildet waren. Und während sich eine schöne, weiße Katze in meinem Schoß räkelte, überfielen sie mich: warum ich nicht heirate. Sie lobten und verteidigten alle Männer in der Stadt und am meisten ihre Ehegatten. Erstaunt erheiterte ich mich an ihrem ausgelassenen Gelächter, das mir von der unvergänglichen Verlockung kleiner und neckischer Sünden zuraunte. Sie waren die besten Mütter, aber sie saßen gerne so da, rot bis zu den vollen Busen, und lachten leise über schlüpfrige und schamlose Bemerkungen. Erst als ich zu hastig versuchte, eine im Dunkel zu umarmen, stieß ich auf zornigen, bissigen Widerstand mit dem Hinweis auf Ehemänner und Kinder. Ich stand dann erschrocken und beschämt vor ihnen und zog bloßgestellt ab. Sie nannten mich »Lady«, und von da an nannte mich die ganze Stadt so.

Wenn ich grinsend von den Frauen wegging, erwarteten mich die Popen und trösteten mich.

Dunkel und schwer sprachen sie über alles mit schnellfertiger Verachtung. Ihre weichen, sehr weichen Hände streichelten müde die meinen; sie erzählten mir von den leeren Kirchen, die ich so sehr liebte. Sie lachten viel. Am liebsten sprachen sie über die Bauern. Im dunklen Zimmer, am Tisch voll mit Gläsern eines Weines, in den man Hanfschnüre gehängt hatte, damit er nicht sauer würde, wuchsen Bauernköpfe aus ihren Erzählungen, zerzauste und unrasierte, mit kleinen, listigen Augen und unterwürfigen Gesichtern. Und alle waren wohlgenährt und fröhlich. Schwer wie Ochsen waren die Bauern in ihren Geschichten. Dumm, manchmal aber auch erfinderisch in List und Täuschung, stark wie die Wurzeln der Föhre bei der gierigen Ausbeutung der Erde. Väter, die zusahen, wie ihnen die Kinder wegstarben, hinter staubigen, kleinen Fensterchen in niedrigen

Stuben, wo Hühner scharrten; Frauen, die entbanden und am nächsten Tag wieder aufstanden und den Stall säuberten; halbwüchsige Kinder, die sich halbnackt im Stroh balgten, kleine Brüderchen und Schwesterchen, die elendige und unzüchtige Spiele spielten. »Aber das ist überall so«, lachten die Popen. Verstaubte Heilige schauten von der gekalkten, weißen, sauberen Wand, und dumme Gesichter gingen um das Schafsgehege und die Holzbeigen. Kein einziges, liebliches Bild war in ihren Worten voll unüberschaubarer Maisfelder und Stoppeläcker; und in den kleinen Häuschen sah man nur Schatten, schlimmer als die Schatten von Tieren.

Sonntags kamen lächerlich aufgedonnerte Mädchen vor, eingeschmiert und geschminkt, und Haufen schwarzer, betrunkener Bauern. Unter den dichten bäuerlichen Augenbrauen blitzten bitteres Verlangen und Verschlagenheit gegenüber allem außer der Erde, die ihr Auge mit irrem, freudigem Funkeln betrachtete. Am schlimmsten mischten sich die Bilder, wenn sie anfingen, über die Liebe zu sprechen. Da drehten sich diese elenden Bauern im Dunkel, stampften in wilden Haufen, nackt und besoffen. Arg zugerichtete Frauen, mit welken, entzündeten Brüsten liefen umher, zahnlos und nach Schweiß stinkend. Sie wälzten und wanden sich in der Qual des Gebärens oder lagen blutig, wehklagend über die Pein, auf der Erde; es zerriß sie vor Schmerzen von den Mitteln gegen die Empfängnis. Unter den Fenstern lagen blutige Rümpfe erschlagener Geliebter in glänzenden Stiefeln. Im Dunkel leuchteten ihre silbernen Knöpfe an den Westen; hinter dem Ofen saßen elende, runzelige Großmütter mit blutigen, eitrigen Augen, nackt und dürr wie Reisig und Lappen. Und alle diese Bilder waren verwaschen von Wein, Blut, Flüchen und Lumpen. Vergeblich versuchte ich, sie zu beruhigen, ihr mächtiges Popengelächter erstickte mich. Immer waren ihre kleinen, bunten Kirchen voll von gemalten Heiligen, Öllampen und allerlei Volk, das sich in gebeugter Haltung bekreuzigte und dumm dreinschaute. Und Scherzen umhüllte die bischöflichen Höfe und die Klöster mit einem schmierigen, trunkenen Schleier von Dienstmägden und Dieben. Danach ging ich stets müde aus den Popenhäusern, wo sie mir alle eine Braut anboten. Staub, durchwirkt von Sonne, fiel vor mir nieder, und ich ging hindurch. Irgendwo fiel ein Ziegel, irgendwo stürzte eine Mauer ein.

Die Händler lauerten mir auf und zogen mich mit Gewalt in ihre Häuser. Dort gab es keine Salons. Nein, sie führten mich in große, helle Zimmer, in denen ein Klavier stand und dahinter eine Palme und viele Statuen des Heiligen Johannes.

Ihre Frauen waren dürr und klein, sie empfingen mich seufzend, umgeben von Kindern, kräftigen Kindern. Erschrocken wischten sie hinter meinem Rükken auch das letzte Staubkörnchen weg, achteten auf jeden Wink von mir und sprachen von alten Zeiten. Alle erinnerten sich an die Ermordung des Fürsten Michael, sie belegten damit ihre Kindheit, sie wußten nicht genau, wann sie geboren wurden. Ihre knochigen, armseligen, entkräfteten Hände liebkosten ihre Kinder, und sie verbargen ihre mageren, auseckenden

Hüften hinter den roten, frischen Köpfen ihrer Mädchen. Ihre komischen Röcke hingen bunt um sie herum. Und sie drehten sich stets erschrocken um. Traurig schauten sie mich an, als sie sich irrten und den Balkanbund nicht unterscheiden konnten. Ich vergaß mein ganzes Leben, das mir lächerlich und verrückt erschien, und ich saß lange bei ihnen. Sie sprachen traurig und sanftmütig, sie waren abgearbeitet und schwach; sie trugen heiße Ziegel mit sich herum, die sie an die von Frostbeulen befallenen Rippen drückten. Ihre Männer, die nach Essig rochen, kamen leise herein und gingen schnell wieder hinaus. Doch die heiratsfähigen Mädchen sahen mich von der Seite an und spielten mir vor. Sie fragten mich, ob ich »Sanin« gelesen hätte, und ich schreckte auf, wenn sie an mir vorbeigingen. Und sie fragten mich wieder, ob ich »Sanin« gelesen hätte. In duftenden Kästchen, unter beschriebenen Fächern bewahrten sie die Programmhefte zu den Festen des Heiligen Sawa auf und Fotografien von Schauspielern aus Pest. Und wenn sich die alten Freundinnen aus der Kindheit um mich versammelten, ließen sie es freundlich und ohne Scham zu, daß ich ihre kleinen Geheimnisse hörte und nach ihren Büchlein griff, auf denen außen drauf stand »Romeo und Julia von Shakespeare, herausgegeben von den Brüdern Jovanović in Novi Sad«, und in denen ich eine Auswahl starker Witze und Bilder fand. Und so saß ich wieder im Kreis der Mädchen, die um mich herum fröhlich kicherten, das Licht ausmachten und mich küßten; ich sollte nicht wissen, welche es war. Auch aus diesen Häusern ging ich müde weg.

»Igitt, wie ist der scheu«, riefen sie hinter mir her. Alle boten mir eine Braut an, eine Braut.

Die Tanten hatten beschlossen, mich zu verheiraten, und sie haben mich verheiratet. Sie kamen jeden Abend mit Maca, doch ich war spöttisch und empfing sie ohne Freude. Aber die Abende waren so lang; schrecklicher Regen goß in Strömen, und dieses Mädchen lockte mich still, aber beständig.

Sie setzte sich immer gleich zu mir und erzählte. Als Waise, ohne Vater und Mutter, hatte sie mich schon lange geliebt, hatte gewartet und war voll Sehnsucht. Ihre Schönheit versetzte mich in Erstaunen, aber ich war müde. Das verlief alles so eintönig und ruhig. Wenn mich die Tanten empfingen, riefen sie ihr gleich zu: »Da, hier kommt dein Bräutigam.« Sie hielt sich den ganzen Tag bei ihnen im Hause auf.

Draußen regnete es, und wir saßen noch lange nach dem Essen zusammen. Mir war schwer, mein Gesicht war immer aufgeschwemmt und bleich. Wer weiß, was in meiner Seele vor sich ging.

Sie ließ mir keine Ruhe. Sie wartete auf mich und kam jeden Tag. In Seide und schönes Fleisch gegossen, bot sie sich mir an, still und unterwürfig. Sie hörte von meiner Ungeschicktheit, von meinem geheimnisvollen, ausschweifenden Leben, und das erweckte ihre Neugier. Sie stand lange vor mir und schaute in meine verschleierten, ruhigen Augen. Die Tanten ließen uns allein, und das Mädchen, erschrokken von dem, was sie erwartete, lief von mir weg ins Dunkle und lockte mich in die Ecken des Zimmers auf weiche Divane. Sie fragte nach meiner Kindheit und erinnerte mich daran, wie wir als Kinder miteinander gespielt hatten, aber ich konnte mich überhaupt nicht erinnern. Sie sprach zu mir über die Einsamkeit, die sie so viele Jahre begleitet habe, und wie sie in diesen traurigen, verregneten Tagen ständig die Tanten über mich ausgefragt hätte. Sie wunderte sich über meine Lässigkeit, meine Ruhe und Langeweile und gab mir dauernd Ratschläge, wie ich das Haar kämmen sollte, ja sie kämmte es mir sogar selber. Dabei versuchte ich, sie zu umarmen, drückte sie an mich, bis sie mich wegstieß und sagte: »Ach, du bist schlimmer als Sanin.«

Aber sie verzieh mir alles schnell und kam bald wieder zu mir. Sie drückte mir die Hand und sagte, daß sie die kleinstädtischen Intrigen und die Frauen hier satt habe und daß sie sich danach sehne zu leben, »zu leben, zu leben«. Als ich sie fragte, was sie damit sagen wolle, mit diesem »zu leben, zu leben«, errötete sie, verstummte, doch dann lachte sie auf. Sie erzählte mir, wie wir ein Haus bauen würden, sie beschrieb das alte Geschirr, die Möbel, und die kleinsten Dinge erwähnte sie zärtlich und voll Sehnsucht. Mit rührender Freude beschrieb sie ihre Vorhänge, den Salon, die Betten, dann hielt sie inne und sah mich bittend an. Und als uns die Dunkelheit völlig umhüllte, umarmte sie mich und flüsterte, schwer atmend: »Nicht doch, Süßer, mein Süßer.«

Und so vergingen wieder schöne Tage. Ich wachte

spät auf, die Tanten kamen leise zu mir herein. Dann erhob ich mich und lief unbekleidet auf und ab und nieste. Jeden Morgen mußte ich lange und viel niesen. Das war eine Art Familienkrankheit bei uns.

Von den Wänden schauten Ikonen auf mich herab, vollbehängt mit Basilikum, da sah man Menschenhaufen, die mit dem Patriarchen an der Spitze auswanderten, und gefesselte Sklaven mit Mädchenaugen. Ich ging zum Spiegel, goß mir lange kaltes Wasser über den Hals und nieste laut. Ein alter Mann kam herein und heizte den Ofen an. Mit den Dienstboten unterhielt ich mich immer gerne. Er kam schnell ins Erzählen, und er erzählte immer dasselbe, wie er auf der Straße im Schnee ein Feuer angezündet hatte, wie eisig kalt es war, wie das Volk unter freiem Himmel die ganze Nacht Kolo tanzte und er die Mütze hochwarf und schrie: »Es lebe Polit Desančić!«

Ja, so vergingen die Morgenstunden. Wenn ich aufwachte, blieb ich noch liegen und starrte zum Dachbalken, kaute gedankenlos und las gähnend die Zeitung. Ich warf einen Blick zum Tor. Um die Lippen hatte ich gelbe Flecken, morgens war ich sehr aufgedunsen und häßlich. Vor dem Tor sah ich alte Frauen. Mein Kopf wurde wieder müde, wie von irgendeiner Krankheit. Auf dem Platz vor der Kirche sah ich nur das Denkmal, voll mit Kreuzen und Heiligen.

Ganz naß vom Regen, kam sie mit vielen Süßigkeiten und erzählte mir hastig. Sie kannte alle Liederlichkeiten, jeden Ehebruch, alle Besitzverhältnisse und Geheimnisse. Sie saß bei mir und aß fröhlich. Der veilchenblaue Schleier, der sie störte, fiel wie ein

Schatten auf ihr Lächeln. Manchmal sah man gerade noch ihre rote, feuchte Zunge, die kräftig im Zucker herumschleckte. Zum Mittagessen kamen immer Gäste, und sie wartete fröhlich auf, als ob sie schon Hausherrin wäre. Nach dem Essen achtete man sorgsam darauf, daß die Dienerschaft nicht lauschte, und dann trank man auf König Peter.

Danach glänzten alle Gesichter unbekümmert. Dann sangen sie und sprachen über den Krieg. Mich nannten sie schon Bräutigam. Später gingen alle ins Kaffeehaus. Sie begleitete mich hinaus, doch in der Küche, hinter der Türe, im Gang trat sie schnell zu mir heran, küßte mich, atmete schwer und wiederholte: »Mein Süßer, noch, noch …« Ich zog unfreundlich den Kopf weg, mir tat der Mund weh von ihren Zähnen. Das ärgerte mich; es erinnerte mich an eine meiner Liebschaften, ein Zimmermädchen, als ich mit Mutter in die Bäder gereist war. Selbst der Duft ihres Taschentuches erinnerte mich an sie. Und jeden Tag wurde ich verliebter, und sie kam immer später. Im Dunkeln küßte sie mich hinter den Teppichen aus der Batschka, unglücklich über mein Zögern. Und ich fing an, sie eher gelangweilt zu umarmen, doch ihre Leidenschaft erstickte mich immer mehr. Sie löste ihr Haar, obwohl ich dieses schwere Haar insgeheim immer aus dem Gesicht wischte, weil ich unter ihm nicht atmen konnte. Es hatte einen bestimmten, schweren Duft, vor dem mich ekelte. Bis dahin konnte ich mir keine so festen und langen Küsse vorstellen, bei denen sie unablässig seufzte: »Mein Süßer, noch, noch! …«

Sie ließ sich ganz auf mich fallen, ihr Mund wurde klebrig, und ständig sprach sie zu mir von der Ehe: wie sie die Betten aufstellen würde, über den Salon und daß man sie in den Frauenverein wählen würde. Draußen ertönte der schwere Klang der Glocken; dieser Klang hatte mich durch viele Jahre gefoltert, er folterte mich auch jetzt. Bei diesem Geläut bekam ich immer Kopfschmerzen, und Übelkeit überfiel mich. Ich riß mich von ihr los und ließ sie in ihrem zerknitterten Rock liegen. Sie richtete sich auf, ordnete ihr Haar und flüsterte: »Du weißt nicht, was gut ist.« Ihr Busen schimmerte aus schwarzen Spitzen, mächtig und glänzend; sie wand sich fast rasend in meinen Armen. Manchmal biß sie mich ins Ohr, und ihr damals helles und heiteres Lachen schwang lange durch die Dunkelheit. Und ich kniete müde vor ihr, legte meinen Kopf an ihre Brust und fühlte ihre Schweißtropfen auf meinem Gesicht. Vergebens versuchte ich aufzustehen. Nahm ich irgend etwas in die Hand, dann nahm sie es mir lächelnd weg und küßte mich weiter, mich, den Bleichen und Aufgedunsenen. Sie verkrampfte sich in meinen Armen und erzählte mir immer wieder von Zimmern und Möbeln, wie sie diese gerne hätte. Sie erwähnte eine Episode aus »Devajtis« und sagte: »Was gibt es denn Schöneres auf der Welt?« Ich sah, daß sie errötete, drückte sie und entblößte ihre Brust. Ihre Augen loderten, und ständig flüsterte sie: »Süßer, Süßer.« An meiner Wange fühlte ich, wie stark ihr Puls schlug. In der Unordnung ihres aufgeknöpften Kleides zerfloß sie noch schöner und weißer als in meinen Armen. Ihr schwerer Duft berauschte mich, ihre heißen Hände spielten auf meinen kalten Schultern.

Dann hasteten meine Finger erregt und ungeschickt über ihren Körper, und ein Knopf riß ab. Sie fuhr auf, stieß einen Schrei aus, schob mich weg und flüsterte erschrocken: »Nein, das nicht.« Dann raffte sie das Kleid auf, das schwarz und weiß um ihre entblößten Knie schwang. Sie fiel gegen das Fenster, das dumpf und düster klirrte. Die Hände drückte sie gegen Brust und Spitzen und die zerrissene weiße Wäsche. Mit schwachem Lächeln flüsterte sie: »Wenn du mein Mann sein wirst.« Ihre Finger bewegten sich behende und banden die Haare, zitterten über die Knöpfe. Sie drehte sich um, begann, das Kopftuch umzulegen und sagte: »Ich werde nicht mehr kommen ...«, und ein wenig schamhaft und ein wenig bissig fügte sie hinzu: »Du täuschst dich, wir sind schließlich keine Juden.«

Und dann kam der Honigmond. Ich wirkte lächerlich im Soldatenrock und so bleich.

Honigmond, Honigmond.

Die Hände sind klebrig von dem heißen Körper und die Gesichter ausgelaugt, bleich und gelb vom Genießen.

Sie war überall. Der Duft ihres Körpers, ein schwerer, betäubender Duft, begegnete mir an den Wänden, in den Türen, in den Öfen, auf den Tischen, im Essen und im Wasser, im Bett und in meinem Anzug. Nur im Wein war er nicht.

Ich stand müde auf, wenn die Glocken läuteten, und ging in die leere, kalte Kirche. Sobald sie mich bleich oder traurig sah, umarmte sie mich sofort, küßte mich und flüsterte: »Süßer, Süßer!«

Es schlug Mitternacht. Ich hörte sie flüstern. Der Morgen brach an. Ich fühlte auf mir die warme Dekke, die nach ihrem Busen roch. Wenn ich die Hand ausstreckte, verloren sich meine Finger in ihren Brüsten. Sie kniete vor mir, auf mir, hinter mir. Ihre Stimme erklang überall. Und überall fand ich ihre Haare. In den Büchern, im Essen und um den Hals. Mir zuliebe tat sie alles. Den ganzen Tag war sie bemüht, mir zu geben, was ich wollte. Sie bat mich, auf meine Gesundheit zu achten. Ihr Gang war kräftig und elastisch, ihre schönen Beine bogen sich scharf. Früh am Morgen, wenn ich die Augen aufschlug, sah ich, wie sie fast nackt an meiner Brust lag. In den ersten Tagen war sie verweint und züchtig. Aber dann begann sie schnell, mit ihrem naiven Gekicher Scherze und Witze von sich zu geben. Erstaunt lauschte ich ihren Beichten. Besonders am Morgen saß sie gerne fast nackt im Bett und fragte mich über Liebesverirrungen aus. Ich hörte erstaunt zu, wie sie mir Frauen beschrieb, an die ich mich kaum erinnern konnte, stille und gesittete Frauen, und dabei kicherte sie unaufhörlich. Über die Frau des Popen erzählte sie mir etwas so Garstiges und Abstoßendes, daß ich wütend aufschrie: »Schweig bitte!« Sie bedeckte erschrocken und beleidigt die nackte Brust und sagte: »Was wunderst du dich? Mit wem soll ich denn darüber reden, wenn nicht mit meinem Mann?« So vergingen die Morgen.

Am meisten irritierte mich, wenn sie, mit einer Hand das Hemd haltend, durch das Zimmer ging, Reste des Abendessens und Süßigkeiten vom Tisch aß und dann schnell herbeisprang, sich auf mich warf und mich wieder küßte. Ihr kleines Gehirn spürte alle Geheimnisse auf, die sich in ihrem Innern verbargen; sie fragte mich so wunderliche Dinge, daß ich manchmal laut auflachte. Ich ging weg, ganz aufgedunsen und schlapp, und wenn ich wiederkam, empfing sie mich schon an der Türe und küßte mich. Ich bemerkte, daß sie mit ihrem Gekicher allerlei Liebesproben provozierte. Sie verlockte mich, ihr alle Neuheiten in der Liebe zu enthüllen, über die sie, wer weiß wo, gelesen hatte. Sie erzählte mir den ganzen Tag saftige Geschichten über Frauen aus ihrer Heimat. Und die Frauen, die anfingen grau zu werden und vier Kinder hatten, waren in ihren Geschichten wunderlich und verrückt, so daß auch ich ungewollt vor Lachen außer Atem kam, wenn ich mir neben ihnen die Schatten ihrer glatzköpfigen Männer, buckliger Professoren, Beamten und Popen vorstellte. An diesem Abend tranken wir etwas mehr zum Essen, und sie lachte fröhlich: »Was willst du machen, darum dreht sich die Welt.«

Ich verstummte und schaute sie fassungslos an. Sie lag beim Ofen, ganz nackt. Ihre ausgestreckten, schönen, schimmernden Beine wippten in der Wärme des Ofens, als ob sie mit jemandem tanzten. Ich näherte mich ihr leise und mit einem Lächeln voll Scham, die ich bisher nicht gekannt hatte, hob ihr Hemd vom Boden auf, bedeckte sie und fing an, mit ihr über landwirtschaftliche Genossenschaften zu reden. Und so vergingen wieder Tage und Monate. Sie begann, langsam dick zu werden. Und wir hatten keine Kinder.

Das Fenster steht offen. Ich sehe in ihm wie in einem trüben Spiegel meinen bleichen Kopf und meine blutigen Lippen, wenn ich Eis esse. Weit hinter dem Berg stehen blau die Karpaten. Man sagt mir, daß sie mich dorthin bringen werden, um mich gesund zu pflegen. Doch mir gefällt es hier. Krakau ist schön, alt und nebelig.

Sie kam schon den dritten Tag ins Krankenhaus. Ja, die Liebe findet uns überall. Klein war sie und schlank wie ein Mädchen, das zum erstenmal zum Ball geht. Sie war empört. Wir lagen zu dreißig in einem Zimmer. Draußen schien süße, herbstliche Sonne, und auf meiner Brust lagen Eisbeutel. Als sie sich zu mir auf die Bettkante setzte, lächelte ich.

Ich sitze auf den Kissen und schaue auf düstere Dächer. Das ist meine Beschäftigung. Sie sagen, davon hinge das Leben ab. Der Arzt hat einen langen, grauen Bart, der mich morgens aufweckt.

Sie hatte einen kleinen Sohn. Oh, sie war nicht leichtsinnig, nein. Sie wußte nichts, ihr Körper konnte nur aus Leidenschaft mit den Zähnen klappern. Sie tat alles, um sich als gebildete Frau zu zeigen. Sie las

Nietzsche, und als ich sie das erste Mal unerwartet und wild umarmte, sagte sie: »Sie sind ein Dämon.« Es war November.

Es waren wundersame Tage. Am Abend war der Himmel warm, wir drehten uns alle nach den Schwalben um. Durch die Gäßchen schwärmten die Menschen. An den Bäumen sprossen Triebe, und wir lachten über den Herbst, der sich einbildete, der Frühling zu sein.

Sie erzählte mir, wie man sie verheiratet hatte: so wie man ein Pferd verkauft. Ihr Mann war ein großer, dicker Advokat. Er war Richter auf irgendeinem Kriegsschauplatz beim Kriegsgericht. Wir saßen im Garten des Krankenhauses. Sie flüsterte, wobei sie sich Mühe gab, daß ich ihr weiches, wisperndes Polnisch verstehen konnte. Über Krakau war damals ein milder Himmel; oder vielleicht schien es mir nur so, weil ich wieder jung und lebendig war. Draußen kamen zu dieser Zeit irgendwo Menschen um; sie brachte mir Zeitungen und las vor: verzweifelte Kämpfe in den Wäldern, aus denen ich zurückgekommen war.

Sie besorgte mir ein separates Zimmer, dessen Fenster auf die gefrorenen Scheiben einer alten Kirche schauten. Es war wie in der Kindheit. Die Wipfel der Bäume schauten durch das Fenster, und vom Bett aus sah ich ein Stück Himmel. Als der erste Schnee fiel, lernten wir uns besser kennen. Sie weinte oft. Und die Liebe kam zu uns wie etwas Ärmliches und Jämmerliches, und unsere Worte wurden leiser. Ihr schwarzer Kopf mit dem auch im Dunkeln immer weißen Nacken sank oft müde herab.

Ich erinnere mich, es war ein Tag voller Schnee. Durch die Fenster sahen ganz in Schnee gehüllte Zweige. Der Kirchturm war verschwunden und wiegte sich im Nebel. Sie kam herein und warf mir die nassen Handschuhe ins Gesicht. Steifgefroren fiel sie auf mein Krankenbett. Sie schlief gut – seit sie mich kennt, schläft sie gut. Warme, violette Äderchen schlängelten sich auf ihren Händen. Ich entblößte ihren Busen und fand auf ihm ein Medaillon, in das eine der traurigen Masurken eingraviert war. Noch nie hatte ich ihre Brüste betrachtet. »Sie waren klein und zart, die Brustwarzen waren von tiefem, schrecklich tiefem Violett« – sie sagte das so. Ihre Hände waren bleich und warm. Sie vollbrachten Wunder, diese Hände, die nach Freude lechzten und Mut hatten, einen schönen, freien, wunderbaren Mut. Sie berauschten; weiß und schamlos machten sie auch das schön, was selbst bei Jungvermählten abstoßend ist. Und die Liebe? Sie ist in den violetten Venen, in den taubenweißen Lippen und in den Gliedern, die rot sind vor Leidenschaft. Wer hat noch Kraft, Jugend und Reize für die Liebe? Wer ist derjenige, der auch über wogenden, warmen weiblichen Brüsten, die benetzt sind von Tropfen eisigen, irren, rasenden, süßen Schweißes, heiter bleiben wird?

Ich erinnere mich, es war Weihnachten. In der Fremde kam diese Unbekannte, um mich zu trösten, weil ich über die Galgen weinte, die irgendwo hochragten. Und sie wußte gut, was sie tat. Nein, junge Mädchen können niemals diesen Reiz bieten. Erst Elend, Verzweiflung und Sehnsucht nach dem Verlorenen führen zur Ekstase. Für rote Stunden und erstickte Schreie gaben wir dem Teufel die Seele. Die Liebe ist nicht Gott, ist keine Bestie, kein Wahnsinn; sie ist ein Nebel, ein Nebel des Blutes, der Jugend und des Himmels. Er hüllt alles ein, und so kann man gut leben. Doch dieser Nebel bleibt ewig schwer, voll Süße und Schmerz dem Himmel verbunden. Sie weinte oft. Ach, das war kein Weinen; große, dicke Tränen, schrecklich große Tränen füllten ihre Augen und erzitterten auf den Wimpern, während sie sich lösten. Noch heute, wenn ich die Augen schließe, überkommt mich eine Schwäche, wenn ich an diesen Tag denke. Ich fühle ihre knospenden Wangen an meiner Stirne, ich fühle das Zucken der leichten, ach so schrecklich leichten, schwalbenleichten Hände um meinen Hals. Ich sehe diesen reinen, ach so reinen Mund ohne jenes krankhafte, angestrengte Lächeln der Geliebten, und in den Wimpern sehe ich zwei große Tränen, und dann ist mir für einige Tage furchtbar schwer. Im schwarzen Umhang mit einem einfachen Kleid – seit ich ihr Schülerbildnis sah, liebte ich dieses Kleid mit dem immer etwas zerknitterten Röckchen –, mit gebundenen Haaren, still und schüchtern, so wird sie immer vor mir stehen, als ein kranker, nebelhafter Schatten, der durchs Fenster schaut und leise sagt: »Acht Uhr … ich muß gehen.«

Einmal führten sie mich aus dem Krankenhaus. Ich stand da und betrachtete diese Stadt voller Schnee. Und ich hatte keinen der Meinen unter den schweren

Schatten der Kathedrale, wo ich lange nachdachte: über Studenten und junge Soldaten, die unter diesen düsteren Gebäuden umherzogen und sich in hoffnungslos widersinnigen Zweikämpfen in den unterirdischen Schenken schlugen und dann, in Blut getaucht, bei den alten Alchimisten saßen. Im Krankenhaus irrten die ganze Nacht Bosnier umher und spuckten Blut. Sonntags beim Gottesdienst sangen alberne Mädchen, gekleidet in weiße Wäsche und dikke, wollene Strümpfe. Der Organist war blind; die erste Stimme sang eine Nonne mit schrecklich entstelltem Gesicht. Am Abend fiel Regen, dieser schlimme polnische Regen, und durch die Gänge irrten Schatten, die mit den Krücken aufstampften und Blut spuckten. An den Wänden hingen hölzerne Kruzifixe mit verwunderten Köpfen und knotigen Knien. Da fühlte ich zum ersten Mal eine schreckliche Angst, da hatte ich zum ersten Mal Mitleid mit uns allen.

Mein Fenster schaut immer noch auf schneebedeckte Dächer. Auf dem Fensterbrett stehen ihre drei Hyazinthen. Ich hatte ihr von unserem Dorf erzählt, von dem Fenster in meinem Haus, und am nächsten Tag brachte sie mir die drei Hyazinthen. Sie hat einen Sohn und muß im Verborgenen viel geweint haben. Eine Hyazinthe steht links. Sie ist rosarot und still. Wenn ich sie morgens gieße, ist sie so lieb, so ruhig. Sie welkt mir dahin. In der Mitte steht eine weiße. Jeden Morgen erinnert sie mich an bleiche Gesichter, die ich geliebt habe und die jetzt wer weiß wo sind. Sie ist voller Tränen und scheu wie ein Lämmchen. Die dritte steht rechts. Sie ist rot. Über sie kann ich nichts sagen.

Ich bin in der Fremde, das Bett habe ich mit Teppichen aus der Batschka bedeckt. Sicher hat eine Bunjevka sie gewebt, für sie war es leicht. Fröhlich und reich ist der Himmel, immer erfreut er mich in der Fremde; wenn ich ihn betrachte, rötet er sich. Zu ihr habe ich kein Wort gesagt. Ich liebe sie nicht. Den Himmel liebe ich, meine Liebe ist sanft, sie existiert im Schlaf, sie ist unvergänglich. Im Leben existiert sie nicht.

Ihre Augen sind dunkel und warm wie Datteln. Ihr Haar ist rot wie das Gras im Herbst. Oder vielleicht scheint es nur so. Dieses Haar rührt mich, um dieses Haar tut es mir leid, um diese verwelkten Gräser. Diese Haare habe ich zuerst geliebt. Ihre Stimme ist kindlich, ihr Taschentuch ist parfümiert, und wenn es das nicht wäre, würde es von Sauberkeit duften. Ihre Augen sind dunkel und rot wie Blut. Sie sind meine Freude. Sie erzählt mir viel von ihrem Söhnchen. Wir sprechen viel von ihm. Ihre Stirne ist eigenartig, so krank, faltig, müde. Vielleicht weil sie Mutter ist, vielleicht weil sie mich liebt. Mir tut es leid um sie. Sie ist ehrbar, es sage mir keiner, sie sei nicht ehrbar. Sie hat leidenschaftliche, warme, bleiche Hände, die sich schämen und sich verstecken. Ihre Schultern zittern wie die Zweige unter dem Schnee.

Was wird aus uns werden? Ich weiß es nicht, und ich bin auch nicht neugierig. Ob ich nach Hause zurückkehre? Dort lieben sie mich nicht, und ich hasse sie. Vielleicht sind wir glücklich, weil ich sie bedaure. Um uns sprießen Zweiglein unter dem Schnee, und die lauen, müden Wolken lehren uns eine alte, kranke Ironie, deren Ursprung allzu große Liebe ist. Wie sehr habe ich erwartet, daß noch etwas kommen wird im Leben, das bisher nur Komödie war. Jetzt sehe ich, daß nach dem Bedauern nichts Neues kommt.

Ich liebe sie. Spät am Abend kehren wir nach Krakau zurück. Der Zug eilt durch die Wälder, durch Wälle, und wir, in einer Ecke verborgen, schläfrig und bleich, sprechen leise von Liebe und Ungerechtigkeit. Und später, im Nebel zwischen den alten Mauern, gehe ich zu ihr. Sie legt mir das Söhnlein an den Hals, kniet vor mir nieder, küßt mir die Hände, vor Leidenschaft zitternd und würgend vor Verzweiflung. Ich werde mich an ihr bleiches Gesicht erinnern. Wenn ich ihr etwas schenke, jauchzt sie freudig auf, aber diese Freude vergeht schnell. Ich warte darauf, daß sich noch etwas ereignet in meinem Leben; aber ich sehe schon, daß nach dem Bedauern nichts Neues kommt. Ihr Gang ist fein und leicht. Wenn wir an gefrorenen, schneebeladenen Zweigen vorbeikommen, werde ich nie erleben, daß sie einen von ihnen grob wegschiebt. Findet sie auf dem Wege ein Blatt, auch wenn es schmutzig ist, hebt sie es auf und schmückt sich damit. »Oh, wie liebe ich dich heute!« sagt sie jeden Tag.

Mein Leben ist vollendet, und ich habe nicht bemerkt, wo es stehengeblieben ist, und das, was ich Leben nenne, gibt es nicht, gibt es nicht. Der Himmel liebt die Menschen, und das Wasser unter dem Fenster murmelt in den Nächten. Unsere Blicke sind ineinander getaucht. Sie flüstert mir zu, bittet mich, sie zu führen, sie von hier wegzubringen, und ich spotte über sie, weil sie meint, daß es in der Fremde besser sei. Draußen schreien Kinder mit einem Extrablatt. All das wird vergehen. Wer weiß, vielleicht wird man fröhliche Operetten spielen über das, was man jetzt macht. Ich weiß nicht mehr, was gut oder was böse ist, aber mir scheint, daß auch andere das nicht wissen.

Ich liege, und meine Fenster sind gelb. Armselig und krank, sehe ich, wie aus den lichtlosen Kellerräumen der Winter herausschaut. Und dieses gelbe Laub voll Schnee begleitet mich schon drei Jahre. Es fällt mir auf die Brust und tötet mich. Ich liege und sehe nur Bäume durch das Fenster. Wir unterhalten uns. Das Laub winkt mir Lebewohl zu und fällt. Ist die Liebe nicht auch nur Laub? Die Menschen liebe ich so wenig, doch das Laub besänftigt mich so sehr. Von ihm hängt mein Leben ab. Ich bin müde. Ich möchte irgendwohin weit weg gehen, und ich würde mich nicht umdrehen. Irgendwohin in das gelbe Laub würde ich gehen, wer weiß wohin, und wenn jemand um mich weinen sollte, dann würde ich eine Karte schreiben: »Lebe wohl, ich gehe weg, damit ich genese.«

Ich brauche Luft, ich habe sie irgendwo im Laub verloren. Um mich herum weinen sie, aber nicht um mich, sondern wegen der Farbe, die aus meinem Gesicht gewichen, wegen des Leuchtens, das aus meinen Augen verschwunden ist. Und wieder plagen sie mich. Die Nacht über sperren sie mich ins Gefängnis, tagsüber irre ich durch die Krankenhäuser. Die Mauern sind verschneit. Den ganzen Tag sehe ich nichts als Mauern im Schnee. Es gibt kein Licht. Wir sitzen im Dunkeln. Wenn sie mich entlassen, wendet sich alles zum alten.

Die verschneiten Weiden haben mich gefragt: »Ziehst du denn immer noch herum?« Die Straßenbahnen sind voll Armut und Elend. Die vom Frost blaßgewordenen Frauen sind schon den ganzen Tag nach ein wenig Milch angestanden, nach ein wenig Fett, mit den kleinen, von der Kälte blau angelaufenen Kindern. Wir haben wenigstens die Kraft, uns abzuplagen, aber diese Leute sind weich. Ich habe niemanden unter ihnen. Ich bin in der Fremde, und Schatten gehen an mir vorüber, schwarze, dunkle Schatten; sie sind für mich niemand und nichts. Die schneebedeckten Weiden wundern sich über mich. In meiner Seele war noch keinerlei Schmerz, aber auch kein Glück. Die Straßenbahnen eilen. Manchmal lächeln mich Kinder an, und an den Wänden ziehen eiserne Ladenschilder an mir vorüber. Die Gewässer sind vereist und fließen nicht ab … Die Bretterbuden und Holzplätze, die mich an die Heimat erinnern, sind abgedeckt, trocken und ausgekühlt.

Ich gehe zu ihr. Sie spielt mit dem Kind. Ihr Söhnchen ist klein und schön, so klein, als ob es niemals wachsen würde. »Ist das wegen meiner Sünden?« fragt sie und lächelt bitter. Wenn ich eintrete, umarmt sie mich. Sie ist jetzt schöner. Voll Dunkelheit ist sie. Etwas Krankes hat sie an sich, das sie vorher nie gehabt hat, etwas, das man aus Scham bekommt.

Wir beneiden alle, die früh am Morgen zur Arbeit gehen. Wir haben keine Arbeit, noch erwartet man uns irgendwo. Ja, mich das Krankenhaus und sie das Kind. Wir verstecken uns. Wenn jemand fröhlich mit »Guten Abend« grüßt, grüßen wir traurig mit »Guten Abend« zurück. Ich stehe mit ihr in den Mauern über dem Meer von rußigen, schmutzigen Häusern und Spitälern. Tränen duften über den Bergen. Mir ist es nicht leid um die tausend und abertausend Schufte, Schurken und Knechte, die jetzt umkommen. Die rauschenden Föhren sehen uns bleich und blau von Wind und Leidenschaft. Niemand tut mir leid, am wenigsten ich mir selber. Nur ihr kleines Söhnchen tut mir leid.

Die Theater sind voll. Wenn einer ohne Beine in die Straßenbahn steigt, wartet er lange, bis irgendeine alte Frau aufsteht. Ich erinnere mich an unsere Ärztin mit dem roten Kreuz auf der Brust. Sie nannte mich immer Bubi, und den ganzen Tag sprach sie mit mir über Frau Ellen Key. Gestern abend ertappte man sie in Aktion mit einem Sanitätsunteroffizier hinter dem Harmonium im Saal des Krankenhauses. Das ganze Krankenhaus lacht. Sie werden mich irgendwann in die Berge verlegen, nach Zakopane. Sie wird auch dahin nachkommen.

Beschwerlich und langsam trugen sie mich die Treppen hinauf. Eine große, strenge Schwester trat eilends an mich heran und zog mich aus wie ein Kind. Sie sagte: »Warum haben Sie nicht gesagt, Sie seien Kroate, das wäre besser gewesen!« Sie entkleidete mich vollends und versah mich mit einem Eisverband. Ich sprach kein Wort, schloß die Augen und zitterte. Und sie setzte sich aufs Bett, ihr großer Mund verzog sich zu einem Lachen. Sie wischte die Schweißtropfen von meiner Stirne und wickelte mich noch fester. Über meinem Bett, unter dem Kruzifix mit dem schwarzen Rosenkranz, hing eine kleine Tafel, darauf war, wie im Scherz, von lustigen Kameraden auf deutsch geschrieben:

Name:	Peter Raitsch
Charge:	stellenloses Kanonenfutter
Konfession:	gr.-orth.
Stand:	ledig
Alter:	23
Beruf:	Königsmörder
Diagnose:	Tuberkulose

Ich will euch etwas erzählen.

Von einem Menschen, den ich nicht vergessen kann und der mir mehr war als ein Bruder. Ein einziger Mensch. Ein Jüngling in der Welt.

Es war die erste Aprilnacht, ich werde sie nie vergessen. Ich erinnere mich und erinnere mich, das ist mein Unglück und mein Schicksal, sich zu jeder Stunde an etwas Bitteres zu erinnern.

Damals nannten sie uns Monster, denn wir gefielen ihnen nicht. Wir nannten uns »die müde Jugend«, und Wien konnte uns nicht ausstehen.

Erinnert ihr euch, mich haßten alle, außer euch Dalmatinern, und auch ich habe euch geliebt. Wir hatten ein kleines Café, als wir uns kennenlernten, und jede Nacht trafen wir uns, um durchzuzechen. Ach, erinnert ihr euch, wie lächerlich wir waren?

Wir waren alle sehr gelehrt. Und alle waren wir unausgeschlafen, bleich und zerzaust. Wir zogen still den Hut, wenn wir eintraten, und jeder grüßte mit seinem Gruß.

Während unter dem Hut unsere langen schwarzen Haare flatterten, hörte man: »Volkslied, mein Herr« – »Präraffaelismus, mein Herr« – »Leihen Sie mir eine Krone, mein Herr« – »Syndikalismus, mein Herr« – jeder hatte seinen Gruß. Wir liebten uns sehr, und wir waren auch nicht verrückter als die anderen. Zu Abend speisten wir Hörnchen mit schwarzem Kaffee.

Die Leute gingen gleichgültig an unseren kleinen Häuflein vorbei, die jeden Abend vor der Oper standen. Und jeden Abend sprachen wir über Rußland. Wir redeten alle sehr viel.

Ich erinnere mich an einen, der schwieg. Erinnern Sie sich, mein Lieber, an seinen Schatten, der über das Mikroskop gebeugt war, an den weißen Vorhang unter dem Dachbalken, den wir anstarrten, wenn wir frühmorgens nach Hause kamen.

Er ist gestorben. Man sagt, daß er oft hungrig war.

In der Heimat haßten sie uns, aber wir waren bestimmt nicht die Schlechtesten.

Wir waren nur komisch und jung, ach, so jung. Wir wollten die Welt erretten. Erinnert euch nur, über welche Narrheiten wir sprachen. Und alles endete in Rußland.

Erinnert ihr euch an jenen, der bewies, daß wir das musikalischste Volk sind, erinnert ihr euch an jenen, der schrie: »Öffne das Fenster, ich will singen«, und an den, der den ganzen Tag Vuk Mandušić rezitierte? Erinnert ihr euch, wie lang unser Haar war?

Doch was uns am meisten verband, waren die Armut und die Schwindsucht, sie waren uns treuer als unsere Geliebten, die meist Zimmermädchen waren. Erinnert ihr euch, in unserer Gesellschaft sprachen auch die Veterinäre nur über Rußland und über die Kunst.

Ich liege und sehe nur düstere Dächer. Heute haben sie mir zweimal die Lunge durchleuchtet, und so bin ich philosophisch aufgelegt, mein Lieber. Von den anderen sind die meisten tot. Sie liegen schön unter der Erde, einige im Norden, einige im Süden, einige im Osten, einige im Westen. Warum, mein Lieber? Ach, ich werde dir einen Traum erzählen, einen meiner Träume, und ich werde dich in den Schlaf singen, weil ich weiß, daß auch du jetzt irgendwo liegst und nicht schlafen kannst. Heute haben sie mir zweimal die Lunge durchleuchtet, und so bin ich sentimental.

Damals, an einem Abend kam er, ich werde ihn nie vergessen. Bald darauf gab es ihn nicht mehr, aber er war mir trotzdem wie ein Bruder.

Es schien, daß seine langen, wie Stangen dünnen Beine nicht auf die Erde traten, als ob er über der Erde schwebte. Er war nicht zerlumpt, aber trotzdem habe ich die Farbe seiner Hosen nie erraten. Über diesen hing ein schwarzer Marinemantel, an ihm war ein einziger Knopf – »meine goldene Vergangenheit«, sagte er. Seine Stimme war matt und sanft. Von ihm habe ich gelernt, aufrichtig zu sprechen. Er kam leise an den Tisch und sagte: »Polynesien, mein Herr.«

Ich war längst an alle Studenten, Schauspieler und Montenegriner, die sich mit uns befreundet hatten, gewöhnt. Wir waren ein bunter Haufen. Trotzdem drehte ich mich verwundert um. Ich dachte, er sei irgendein Dichter, denn wir waren oft Dichter.

Er schaute mich, den Unbekannten, an. Nur mich schaute er an, und seine Augen waren leuchtend und klar, sie erinnerten mich an den Himmel.

Leise fragte ich einen Juristen neben mir, der immer eine Verbindung zwischen Zar Dušans Gesetzbuch und einigen Edikten suchte: »Was ist das für einer?«

»Ein dalmatinischer Vielfraß, ein Abenteurer, borg ihm nichts.«

Nichts war für uns verwunderlich. Aber dennoch verwunderte mich seine Kleidung. Er war erschöpft und bleich. Der schwarze Mantel, der von seinen gebeugten Schultern hing, wirkte so komisch über diesen ausgebleichten Hosen, als ob jemand über den sommerlichen Seemannsanzug einen schwarzen geistlichen Beisetzungsmantel geworfen hätte.

Zu dieser Zeit sprach ich nur über korinthische Säulen und über die Vaterlandsliebe. Ich war erstaunt über sein schönes, sanftes und reines Gesicht; in ihm war keine einzige Falte, kein einziger betrunkener Schatten. Er reichte mir die Hand und sagte: »Sie sind mir ähnlich, sind Sie nicht auch auf Reisen? ... Leihen Sie mir bitte ...« Seine Hände zitterten, sie waren voller Male und Wunden, unsauber, sie verkrampften sich in einem Netz verworrener Venen voller Knoten. Aber sein gescheiteltes Haar war lieblich und weich wie altes Gold.

Man sagte mir, daß er ein ehemaliger Marineoffizier sei und Verbindung zu Moskauer Studenten habe, daß er sich nachts betrinke und tagsüber den Kindern Englisch und Französisch beibringe.

Vor Tagesanbruch gingen wir auf die Straße, Männer in Lumpen fegten das Pflaster, reinigten und besprengten es. Wir liebten diese dunklen, feuchten Straßen, wir wußten, daß unsere Zukunft auf der Straße lag. Unausgeschlafen und hungrig kamen wir zusammen und sprachen lange über die Welt, über landwirtschaftliche Genossenschaften und das Slawentum. Ich sprach nur über Repin. Und diese unendlichen Gespräche, die in den Kaffeehäusern in der Menge der langhaarigen Studenten zu wilden Schlägereien führten, verliefen hier in den leeren Straßen friedlich und lösten sich auf über den feuchten Bäumen und den schwarzen Dächern.

Wir sagten jedem »Guten Morgen«. Erst wenn die Sonne heraufkam, suchten wir die großen, dunklen Häuser auf, in denen wir hoch oben lebten.

In dieser Nacht hatten wir uns lange über Hartwig gestritten, über einen deutschen Panzerkreuzer vor Agadir und über eine neue Schönheit in einem öffentlichen Hause.

Oh, wir wußten es, wir wußten gut, daß wir Unglückliche waren, aber wir sprachen mit verzweifelter Fröhlichkeit über das Slawentum. Ihn attackierten diese Frühstunden am meisten, denn er beteiligte sich nicht an unseren Debatten und stand erschrocken, an den Mast einer Laterne gelehnt, die eben ausging, und flüsterte: »Was wollt ihr denn noch von mir, ich war jung, und das ist doch alles vorbei, was wollt ihr noch?«

Alle schrien, verspotteten und schlugen ihn, fragten ihn, ob er Syndikalist sei, Platonist oder Anarchist, Nihilist, etwas mußte er ja sein. Und er sprach von Schnee, vom Kreuzschnabel, der im Winter Hochzeit hält, von Schneewolken, aber am meisten vom Himmel. Er murmelte etwas ganz Unbestimmtes über den Himmel. Ich dachte, auch er sei betrunken, denn alle anderen waren es. Dann drückten sie ihn gegen eine Scheibe und begannen, ihn zu schlagen. Da breitete er die Arme aus und sagte: »Ich bin Sumatraist.« Ich erinnere mich, es war Tagesanbruch, der Himmel war dunkelgrün, es war die erste Aprilnacht. Anschließend gerieten sie mit einem Gendarmen in Streit; ich führte ihn weg, denn er war ein böser Raufbold, wenn er getrunken hatte.

Er wohnte in der Nähe, und ich begleitete ihn. Wir stiegen die Treppe hinauf, und ich zitterte vor Kälte. Er umarmte mich ständig und bat, ihm zuzuhören.

Er sprach etwas über das Schiff »Kaiserin Elisabeth« vor Saloniki, über eine Ohrfeige, die er vom Admiral bekommen hatte, und über einen Hof in der Festung Kotor, wo sie ihn degradierten und erschießen wollten.

Doch ich hatte Kopfschmerzen, das war alles so seltsam, und ich zitterte vor Kälte. Ich hörte ihn kaum.

Aber gleichwohl, mein Lieber, wie schrecklich war das, was er über seine Mutter erzählte. Sie hatte ständig gewaschen und Fußböden gescheuert. Der Großvater, der Vater, die Brüder, alle waren Trunkenbolde; es war schrecklich anzuhören, wie nur diese Frau in der Familie arbeitete, den Boden scheuerte und sie behütete, sie morgens schlaftrunken weckte. Sie bezahlte die Schulden, sie ließ ihn zur Schule gehen. Der Vater war Schreiber. Wenn er über ihre grauen Haare erzählte, meinte ich, ich träume, so sehr glich sie meiner Mutter. Ach, ich werde diese Frau nie vergessen. Sie war niemals verliebt, niemand war je zärtlich zu ihr, sie wurde geschlagen, Betrunkene und Haltlose hatten sie verführt, und sie scheuerte unentwegt den Boden. Sein Vater war ein fröhlicher Mensch wie meiner.

Mein Lieber, hast du von meinem Vater gehört? ... Frag nach seinem Namen in den syrmischen Klöstern, überall kennen sie ihn, frag nur nach dem Holzhändler Egon Čarnojević. Nach dem, der im Winter wie im Sommer einen weißen Hut trug. Er kam selten nach Hause, er verkaufte Pferde in die Walachei, und er sagte, daß dort die Frauen einen besonderen Geschmack hätten. Er war selten zu Hause, er liebte die Fremde wie ich.

Seine Mutter scheuerte den ganzen Tag den Boden, und ihn ließ sie in Rijeka zur Schule gehen. Er trug an der linken Hüfte ein schönes Messer mit einem Griff aus Bein, und er war der beste Schüler. Fünfzig Jahre scheuerte sie den Boden, dann starb sie. Er war damals auf einem Schiff vor Malta. Nichts ereignete sich, das Schiff ging nicht unter, aber ihn ließen sie nicht nach Hause gehen. Er flüsterte und erzählte in einem fort, und ich sehnte mich so nach Schlaf.

Zuerst erzählte er mir von einem Himmel vor Konstantinopel, der von einem gelben Nebel verhüllt war. Dann lagen wir auf einem Segelschiff vor Hongkong. Am Himmel war nur eine Wolke, sie war violett, aber durchsichtig, sie hing direkt über dem Kai, und ganz oben stand ein grüner, leuchtender Morgenstern.

Bis zu seiner Wohnung sprach er so ununterbrochen über den Himmel; ständig flüsterte er vom Himmel, er wußte die Farbe des Himmels an jedem Tag jener Jahre, die er auf dem Meer, auf der Reise durch die Welt, verbracht hatte. Ich wollte ihn ständig zum Schweigen bringen, aber er fing immer wieder mit sanftem Flüstern an.

An diese ganze, lange Nacht erinnere ich mich nur wie im Traum, obwohl mich das schmerzt – und mich schmerzt nicht mehr viel, mein Freund. Aber dennoch, dieser Mensch wurde mir mehr als ein Bruder, eben wie im Traum.

In seinem kleinen Zimmerchen war nichts als alte Möbel und Bilder an der Wand.

Es waren kleine Bildchen von Wolken und Himmeln.

Er hatte Himmelsbilder aus der ganzen Welt, und er ging hinter mir herum und flüsterte mir ohne Unterlaß zu: »Ach, wenn Sie die in Farbe sehen könnten, ach, wenn Sie sie sehen könnten.« Ich erinnere mich, er wischte etwas von einer schwarzen Tafel, die sich unerwartet, wie aus dem Boden geschossen, vor mir aufbaute, während ich schnell ablas: »Thou art hearing«, und flüsterte weiter: »Das ist vor Ceylon, das ist vor Samos ...«, ich erinnere mich. Ich warf mich aufs Bett, doch er setzte sich neben mich, hielt meine Hand, stammelte und redete weiter. Er verwahrte sich dagegen, daß er betrunken sei, und bat mich, ihm Geld zu leihen. Und er küßte mich. Er sagte, daß mich sein Anzug nicht erschrecken sollte, streichelte seinen letzten Knopf und sprach: »Meine goldene Vergangenheit.« Wieder küßte er mich, und wieder fing er an, begeistert zu erzählen.

Ich versuchte einzuschlafen, aber es ging schwer, unablässig flüsterte er mir zu, und jeden Augenblick sah ich wie in einem Spiegel mein eigenes Gesicht über mir. Es war eine eigenartige Nacht. Unversehens kam er mir altbekannt vor, und wir sprachen lange über die Zukunft Serbiens, über Volkstrachten und korinthische Säulen. Aber er fing immer wieder vom Himmel an.

Er bat und flehte mich an, ihm zuzuhören. Unablässig sprach er über den Himmel. Dann saß er ruhig auf Deck oder ging auf und ab, blieb wiederholt stehen und schaute auf das Meer und zum Himmel. Er dachte an die Jugend und erzählte so verworren, wie mein Leben verworren ist. Da hatte das Meer eine bestimmte grüne Farbe wie das Gras im Frühling, er flüsterte lange über diese Farbe. Dann wieder sprach er von bestimmten roten Streifen am Himmel und bewies mir, daß diese ihm den Weg gewiesen hätten und daß er vor Freude weinte, wenn er sie sah, doch später habe er nie mehr geweint. Das war alles so merkwürdig, ich dachte, ich sei eingeschlafen, doch ich fuhr auf und sah, wie er mit einer Kerze in der Hand vor mir stand, mir ins Gesicht leuchtete und flüsterte: »Himmel, Himmel.«

Wieder erzählte er von seiner Mutter, erzählte, wie er in Erinnerung an sie in den fernen Städten immer aufstand und seinen Sitzplatz den Alten anbot, dann wieder waren wir auf einem Schiff vor Kairo.

Frühmorgens saß er auf einer Kanone, oder er ging im Dienst auf und ab und lernte und lernte. Er lernte aus meinen Büchern, und ich bemühte mich ständig, mich zu erinnern, woher diese zu ihm gekommen waren.

Ja, ich erinnere mich, wir standen vor Kairo. Eine sehr reiche Amerikanerin besuchte mit ihrer Gesellschaft das Schiff, und er wurde ihr als Begleiter zugeteilt, denn er verstand vortrefflich, mit Frauen zu reden, doch noch vortrefflicher konnte er tanzen. Danach ging er eines Tages fröhlich und jung, in Weiß gekleidet, mit einem goldenen Säbel an der linken Hüfte, durch die Stadt, die voll aufgedonnerter weißer Frauen, Fellachen und Esel war. Eines Abends traf er sie unerwartet, und sie tanzten lange und leidenschaftlich. Er erzählte ihr fröhliche und spaßhafte Dinge.

Alles was sie taten, hinterließ irgendwo auf einer fernen Insel Spuren, und als er ihr sagte, daß jetzt von ihrem leidenschaftlichen Lächeln eine rote Blume auf Ceylon die Kraft bekäme, sich zu öffnen, schaute sie verloren in die Ferne.

Sie glaubte nicht, daß all unser Handeln einen so weitreichenden Einfluß habe und unsere Macht so unbegrenzt sei. Doch er glaubte nur noch daran.

Unter den Palmen im Salon des Hotels sprach er darüber, wie er nicht glaube, daß man töten oder einen anderen unglücklich machen könne. Er glaubte nicht an die Zukunft, er sagte, daß seine körperlichen Freuden von der Farbe des Himmels abhingen, daß man umsonst lebe, ach, nicht umsonst, sondern des Lächelns wegen, mit dem er die Blumen und den Himmel anlächle. Er sagte, daß sein Handeln von einem roten Baum abhinge, den er auf der Insel Chios gesehen habe.

Sie lachte, er war so spaßhaft und jung.

Nach diesen heftigen Tänzen und den Gesprächen auf einem Stein unter einer großen Sphinx küßte er während eines Ausflugs diese Frau, die er vor einer

Woche noch nicht gekannt hatte. Er küßte sie wild und leidenschaftlich, und das begeisterte sie. Im warmen Sand, im roten Sand betrachtete sie lange die Spur ihrer kleinen Füße und fragte ihn schüchtern, wie alt er sei.

Er umarmte und drückte sie unbekümmert und so stark, daß sie vor Schmerz aufstöhnte. Sie bestiegen ihre Esel; sie betrachtete noch einmal die Spuren ihrer kleinen Füße in dem warmen Sand, dem roten Sand, errötete und sagte ein wenig affektiert, er gleiche Lord Byron und sei »mad, bad and dangerous to know«. An diesem Abend noch setzte er sie in Erstaunen: Er überfiel sie und umarmte sie mit Gewalt, ohne sich von ihrem erstickten Winseln abschrecken zu lassen, und das bei offenem Fenster, vor dem unter den Palmen ihr Sekretär saß und schaukelnd Zeitung las. Er war unberührt, und das verwunderte und erfreute sie so, daß sie vor ihm niederkniete und Tausende kleiner Worte stammelte, irre zitternd, bleich und matt, gewaltig, schwer, schön.

Dann erschienen wieder ein eigenartiger Schmerz und Trauer in seinen Erzählungen, die er kaum hörbar flüsterte; ich fühlte nur, daß er meinen Kopf umschlang und mir die Stirne kühlte. Und die ganze Jugend und alle diese Worte brachten mich zu Tränen, wenn ich wüßte, warum. Und wieder verwirrte sich etwas in seinem Erzählen: Er sah sie nicht mehr, obwohl zahlreiche Briefe von ihr kamen, duftend und verweint.

Er hatte über die Erfolge der Madame Curie gelesen, und er begann, sich in seine Kajüte einzuschließen, einige gelbe Krüge umzustülpen und zu rechnen. Vergebens baten ihn die Kameraden, an Deck zu kommen, gebeugt saß er da, gerade als wäre er der Bruder, der Mann oder der Geliebte dieser unbekannten Frau, und er starrte die ganze Nacht in die Flamme, erwärmte und entzündete blaue Pülverchen. Er schrieb Briefe, auf die er keine Antwort erhielt. Die Kameraden dachten, er sei verrückt geworden, der Arzt beobachtete ihn heimlich, aber er lächelte mild über alles und sagte, daß ihnen das nur deshalb merkwürdig scheine, weil sie nie in einen morgendlichen Himmel geschaut hätten. Der amerikanische Konsul kam persönlich mit einem duftenden, verzweifelten Brief an Bord. Aber seine Antworten waren unfreundlich und lächerlich.

Er sagte: »Wir sind nicht Herren unserer Gedanken und unseres Handelns.« Er sei einer alten Frau verpflichtet, die irgendwo auf einer dalmatinischen Insel begraben liege, und er liebe niemanden mehr auf der Welt. Sein Lachen war böse und heiser, und seine Augen leuchteten wie glühende Kohlen. Ich hörte nur, wie er lachte, und dieses Lachen drang durch meinen Schlaf. Er sagte dem Konsul, daß alles vergebens sei, was Amerika mache, daß die Zukunft eines Volkes nicht von riesengroßen Turbinen abhänge, auch nicht von der Arbeit, sondern von einer bestimmten blauen Farbe der Ufer einer fernen Insel. Er griff wütend die Trusts an und sagte etwas Lächerliches über die Menschheit. Er sagte, daß sein Lächeln, nur so über das Meer gesandt, imstande sei, der New Yorker Armut mehr zu helfen als fünf Millionen und alle Krankenhäuser, die diese Dame mit ihrem gestohlenen Geld errichte. Und im übrigen habe sie dicke Gelenke, was ihm mißfalle.

Es war ein Riesenskandal. Sie brachten ihn ins Krankenhaus, aber sie ließen ihn bald wieder ziehen.

Seine sanften Antworten und seine erstaunlichen Augen überzeugten die Ärzte, daß er nicht verrückt sei, aber ein kranker Mensch. Er hörte, daß sein Kreuzer in Singapur liege, und er reiste hinter ihm her.

Er besuchte einige Inseln und freute sich, wenn er bunte Vögel mit der Hand berühren konnte. Um die Inseln war überall Himmel, und die Maharadschas mit den weißen Turbanen wußten mehr als alle europäischen Bibliotheken. In Bombay lernte er Shackleton kennen und trennte sich zornig von ihm, weil dieser ihm nicht zugestehen wollte, daß die slawische Kultur höher stehe als die germanische.

Und wo er auch hinkam, gingen ihm alle aus dem Weg. Seine Augen, erfüllt von einem verzweifelten Zorn, lachten über die Soldaten, die Fremden, die Frauen, über alle.

Er sprach ständig davon, daß seine Gedanken von einem Grab auf einer fernen Insel abhingen, und wenn das niemanden berührte, betrank er sich fürchterlich.

Stundenlang stand er am frühen Abend, eingehüllt in den Gummimantel, und schaute auf Meer und Himmel. Er erreichte sein Schiff, und sie empfingen ihn fröhlich. Wieder vergingen Nächte auf dem nassen, gescheuerten Deck; er ging auf und ab, und es war ihm, als ob seine Mutter diesen Boden gescheuert hätte.

Er fing an, in die stickigen Gänge der Matrosen hinunterzusteigen, saß dort oft die ganze Nacht und sang mit ihnen fröhliche syrmische Lieder. Seine Kameraden begannen, ihn zu hassen. Beim Essen fragten sie ihn, wem er da zulächle in der Ferne. Dieses »in der Ferne« begleiteten sie mit schallendem Gelächter und nannten ihn »Radiogramm«. Aber er ertrug das alles, tat sogar gerne für sie Dienst. Er saß oben auf der Kanone und schaute versonnen auf Himmel und Wasser. Weit weg von dieser Frau erreichten ihn regelmäßig ihre Briefe, und er war ihr in der Ferne treu, oder er nannte die schwarzen, gelben und weißen Hafendirnen traurig mit ihrem Namen.

Damals gestand er mit bitterem Lächeln, daß er unglücklich sei. Alles, was um ihn war, verachtete er. Das war alles nutzlos und lächerlich; doch alles, was weit weg war, erweckte in ihm eine verzweifelte Fröhlichkeit. Und er war ruhig und sanft.

Auf seiner Kanone, auf Deck in sternenklaren Nächten auf dem grauen Meer, wenn außer Himmel und Wasser nichts zu sehen war, fühlte er sich als Herr der Welt. Um alles machte er sich Sorge. In Mexiko war Aufstand, in Rußland hatten sie ein Attentat auf den Zaren aufgedeckt, in Chicago errichteten Arbeiter Barrikaden. Um all das kümmerte er sich und sandte durch den Äther, in den Anblick des Himmels versunken, sein Lächeln aus. Und alles erfüllte sich nach dem Wunsch seines Herzens. Es schien, daß alles in der Welt von seinem Lächeln abhing, so wie auch er eingebunden war, und daß er das schon früher für die roten, überseeischen Blumen tun konnte. In einem Hafen sah er ein Haus, wie er es sich schon lange gewünscht hatte.

Er wußte nicht mehr, was gut und was böse war, und maß alles nach der Färbung des Himmels, der sein Trost war. So hatte er aus der Ferne eine schreckliche Macht über die Ereignisse in der Welt, über seine Geliebte, über seine Heimat, über alles, was ihm lieb und teuer war; so regungslos, wie er dasaß, mit mattem sanftem Lächeln und seinen Gedanken an die fernen Inseln.

Er bemerkte, daß ein Baum in der Ferne von seiner Gesundheit abhing, ebenso Siege und Schlachten irgendwo weit über dem Meer von seinem Lächeln.

Ich fühlte wie durch einen Traum, wie er meine Hand hielt und mich mit irgend etwas einhüllte.

Nun standen wir auf Sumatra vor dem weißen Haus eines reichen Kaufmanns aus Amsterdam. Seine Kameraden haßten ihn und stritten mit ihm über Verhaerens Essay über Rembrandt.

Er stieg fröhlich die Treppen zu dem weißen, kühlen Haus empor. An der Schwelle stand ein junges Mädchen, aber er erinnerte sich an jemanden und wollte an ihr vorbeigehen. Das Mädchen hieß Hella, sie war gerade dreizehn Jahre alt und fragte ihn etwas über die Wiener Universität und Meštrović. Er bemühte sich um eine Erinnerung, wo er ihre Augen schon einmal gesehen hätte, und diese kam ihm auch; sie hatte Augen wie seine Mutter. Im Kopf fühlte er einen schrecklichen Schmerz. Er erinnerte sich an das Wasser unter den Felsen um Borneo, das in der Morgenröte blau war. Diese Farbe raubte ihm die Besinnung.

Sie gingen auf Rehjagd. Sie war gerade dreizehn Jahre alt. Er sprang jeden Abend heimlich vom Schiff ins Wasser, rief einige herrliche, honigsüße, griechische Worte und schwamm zu einem Wald, wo sie ihn erwartete. Und oft, wenn sie ihn im Mondschein mit einer Umarmung empfing, bemerkte er einen roten Baum, und er schmiegte sich an ihn, küßte ihn krampfhaft und stammelte. Dann ging sie zur Seite und weinte.

Er hörte Kanonendonner, Sturm wütete, und er, heulend vor Verzweiflung und mit Tränen der Furcht in den Augen, kämpfte mit den Wellen. Er hörte, wie sie seinen Namen rief, und sah im Tal, wie sie ihm im Dunklen mit einer Fackel zuwinkte. Es war Nacht, er zündete ein Feuer an, um das Feuer brüllten und heulten aufgeschreckte, fürchterliche Raubtiere. Sie küßte ihn und zitterte am ganzen Leibe.

Im Morgengrauen, daran erinnerte er sich noch jetzt, standen am Fuße des Himmels einige kleine, ganz bleiche Sterne.

Der Admiral hatte ein Duell mit ihrem Vater, ihn aber warfen die Diener kopfüber von der Terrasse.

Gegen Abend fuhr das Schiff weiter.

Wieder lebte er im Himmel, lebte auf dem Wasser, nur auf der Erde war er nicht, und er erinnerte sich auch nicht an sie.

Wo waren sie nicht überall hingekommen! Ach, er wollte nicht nach Polynesien. Nein, er wußte nicht mehr, was gut und was böse war, noch wußte er, warum man so viel über das Leben redete, er mischte sich in die Streitgespräche nicht ein, er glaubte an nichts mehr außer an einige blaue Ufer auf Sumatra.

Er fühlte, daß sein Leben nur einer roten Blume auf Sumatra wegen bestand. Er war verliebt; aber wenn ihn das Leben nicht retten konnte, was vermochte ihn noch zurückzuhalten? Jeden Abend schrieb er, auf der Kanone sitzend, Briefe, auf die er keine Antwort bekam; er schrieb an russische Studenten in Moskau und wunderte sich, was mit ihnen sei.

In den Häfen kamen kleine Jungen zu ihm, wer weiß, wem sie gehörten, und sie spielten gerne mit ihm.

Er sah, daß Kinder überall gleich sind. Er erinnerte sich, wie in Sydney jeden Tag ein kleiner Knirps zu ihm kam, der ihm sehr ähnlich sah und dem er Lesen und Schreiben beibrachte.

Damals fing er an zu trinken und im Dienst Dummheiten zu machen.

Nur in der Nacht, wenn er mutterseelenallein auf dem gewaschenen und gescheuerten Deck saß und, in die Betrachtung des Himmels versunken, ferne weiße Bäume anlächelte, war ihm wohl.

Wie lachte er über die Kameraden, die anfingen, einen Fes zu tragen, und über Schiffe, die gelb-schwarz angemalt vorüberglitten. Wie lachte er über Regierungen, die verschiedenen Fahnen und die Kanonen, die auf sie gerichtet waren, über die Militärmusik, die man von irgendwoher hörte. Wie lachte er über die Menge, die sich drehte, scherzte und tanzte, aber auch über diejenigen, die man begrub, eingehüllt in weiße, blutige Tücher.

Aber seine Freuden und Leiden waren weit, er schrieb gewaltige Briefe, und es schien ihm, daß er mit diesen Briefen und seinem Lächeln an die Bäume, die Blumen und die Wolken mehr Gutes tat, als wenn er Vater und ihr Mann geworden wäre. Aber er hoffte immer noch. Dann erfuhr er eines Tages, daß er einen Sohn hatte. Ach, wie wurde von diesem Tag an alles düster. Jeder verschwitzte, mit Steinen beladene Rükken in den Häfen, jede bleiche Frau, die vor der Kirche bettelte, brachte ihn zu verzweifeltem Zorn und zur Scham. Er erfuhr, daß er einen Sohn hatte, und von diesem Tag an wurde alles auf der Welt so düster.

Er versuchte, ihn zu sehen. Aber er konnte ihn nicht finden. Und immer mehr begann er, das Wasser zu lieben, die Farben, die Bäume und immer weniger die Menschen und alle Lebewesen. Und immer öfter lächelte er den roten Himmel an.

Er erinnerte sich, wie er, als sie eines frühen Morgens von Teneriffa ablegten, einer roten Pappel am Ufer nachweinte. Dieser Baum schien ihm mehr zu gehören als sein Sohn.

Er begann, im Dienst Dummheiten zu machen. Sie

hatten vom Balkankrieg erfahren, und die anderen attackierten ihn oft wegen seiner Scherze, deren er sich nicht enthalten konnte. Er spottete über Österreich. Eines Tages fehlte Geld. Der Admiral glich sehr seinem verstorbenen Onkel, er war klein, sehr klein, nicht größer als drei Fuß.

Sie hegten Verdacht, aber sie wagten nicht, ihn zu beschuldigen. Sie lagen vor Saloniki und hatten geheime Befehle.

Beim Essen, als man gerade über den Diebstahl sprach, sagte er etwas Komisches über die Ehrlichkeit. Ihm scheine, sagte er, wenn jemand ehrlich sei, habe dies Einfluß durch die Luft bis nach Polynesien. Der Admiral schrie ihn an. Er sagte ferner, daß Dynastien und Völker keine Ehre hätten. Da schlug der Admiral ihn und begann, ihn zu würgen.

Er fühlte, daß er davon schwach und kränklich geworden war; er fing plötzlich an hinzufallen. Dann saß er wieder unerwartet beim Kartenspiel in einem Zimmerchen voll mit Spiegeln. Eine schöne Frau trat an ihn heran und bat um ein Spiel. Er verneigte sich und sagte zu ihr: »Ich will Ihnen einen guten Rat geben. Schöne Frauen sollten nicht spielen.« Ein montenegrinischer Prinz warf mit Geld um sich und spielte auf dem Klavier. An der Türe erschien Schaljapin auf einem Klepper, ganz krumm auf dem Sattel sitzend und mit einer großen Stange in der Hand, einen zerschlagenen Kessel auf dem Kopf; die Wände erzitterten von seinen Liedern.

Und er stand am Fenster und starrte zum Himmel.

Um ihn herum weinten alle, aber ihm tat nichts

leid. Er sah ein düsteres Waldstück, und er versuchte, sich zu erinnern, wo er sei. Er fühlte, daß er sterben würde und fing plötzlich an, kopfüber hinzufallen.

Aber er tröstete sich damit, daß an seiner Statt auf einer fernen Insel Tannen wuchsen, auf denen schöne Kakadus lebten. Und er lächelte und dachte daran, daß jetzt jemand weit, weit weg um ihn weinte. Er wandte sich jenen zu, die um die Tische saßen, auf denen sich Kreisel und Goldstücke drehten, und fing an zu schreien: »Herrschaften, lächeln Sie, vielleicht wird das jemand auf Sumatra spüren.« Dann begann er, über korinthische Säulen zu reden und fühlte, daß er sterben würde. Er fiel nieder, und alle versammelten sich um ihn herum. Ja, er faselte ständig von Pappeln, von roten Blumen, die an seiner Statt lebten; ein alter Priester im alten Marinemantel trat an ihn heran und fragte, ob er Katholik sei, und er sagte zu ihm: »Ich bin Sumatraist.«

Da packte ihn der Priester an der Gurgel, er wollte aufschreien …

Ich sah die Schwester, wie sie den Leuchter hielt und mich aufhob. Ich zitterte und klapperte von der Hitze. Ich fühlte, daß ich von den galizischen Wäldern geträumt hatte, und es schien mir, daß in meinen Ohren noch das Knattern der Maschinengewehre war.

Ich wachte auf und schaute um mich, mein Lieber. Es war Mitternacht. Auf dem Tisch standen weiße Rosen, die mir eine fremde Frau gebracht hatte, eine fremde Frau. Die Schwester gab mir Brom, streichelte mir die Wange und sagte: »Oh, Sie schlafen aber unruhig. Wahrscheinlich haben Sie wieder zu lange in ihren verrückten Büchern gelesen. Morgen werde ich das dem Doktor verraten. Sehen Sie denn nicht, wie dürr Sie geworden sind? Mein Gott, die Serben habe ich mir aber anders vorgestellt.«

Was konnte ich machen, mein Lieber. Ich drehte mich zur Wand, sie legte mir ein Säckchen mit Eis auf die Brust. Ich wollte schlafen, aber jemand flüsterte mir immer Michelangelos »Nacht« ins Ohr. Komödie, mein Lieber. Nur schade, daß man davon stirbt. Siehst du, so vergehen meine Nächte im Fieber und in Träumen, mein Lieber, in Träumen, die nicht viel verrückter sind als die Realität.

Die Nächte sind eisig und sternenklar.

Sie lassen die Fenster offen stehen. Eis und Sterne, sagen sie, würden meine Lunge ausheilen. Vereiste Tannen umschnüren meine Brust, sie stehen unter meinem Fenster, sie sagen mir, daß es besser ist, eine Tanne zu sein als ein Mensch. Am Abend lese ich Tibull und denke an eine meiner Tanten, die im heiteren, duftenden Spliter Friedhof begraben liegt, und an eine grüne Sphinx, auf der ich geritten bin. Ich war damals fröhlich und jung, und ich sprach für mich selbst Tibulls Verse:

Spielt! schon füget die Nacht ihr Gespann, und
dem Wagen der Mutter
folgt ausgelassen ein Chor funkelnder Sterne
daher.

Hinter ihr kommt stillschweigend der Schlaf auf
bräunlichen Flügeln
und unsicheren Ganges dunkle Träume
zugleich …

Ich liege und betrachte die eisigen Wipfel, wie sie im roten Mondschein glitzern. In der Ferne donnern Kanonen. In den Händen halte ich sanft und nachdenklich das Taschentuch einer fremden Frau, ich, der ich das Taschentuch meiner eigenen Frau noch nie so gehalten habe. Und während mir der Arzt stundenlang über die Ursachen des Kriegs erzählt, fühle ich, daß ich sentimental wie ein Schauspieler sterben werde, ohne zu wissen, wozu mich die Mutter geboren hat, nachdem ich niemandem etwas Gutes tun konnte, am wenigsten mir selbst. Ach, könnte ich zurückkehren dahin, wo die Kanonen donnern, und durch die russischen Linien weggehen, irgendwohin weit weg nach Nowaja Semlja, dorthin, wo das Eis grün ist und das Wasser unter dem Eis blau, der Schnee rot. Dort würde ich, begeistert von den gewaltigen Farben, versunken schauen und alles vergessen.

Man lebt sorglos und liegt den ganzen Tag herum. In der Nacht kommt der Himmel durch das offene Fenster, und die Kälte dringt in mich und schläft ein. All die verschneiten Tannen haben sich um meine Brust gelegt, haben sie gepflegt, haben mir zugeflüstert und mich gelehrt, unsere Mutter Erde zu lieben.

Mit Tagesanbruch wurde man geweckt; bis über die Ohren zugedeckt, schaute ich zu, wie sich das Blut der Sonne über die Wälder ergoß. Über den

Mauern kreisten Adler, und irgendwo in der Tiefe knatterten die Maschinengewehre polnischer Regimenter, die in den Dörfern in Reserve lagen und übten. Den ganzen Tag lagen wir im Schnee. Nur zum Essen versammelten wir uns, klapperten vor Kälte und würgten an der Milch und dem kalten Reis. Eine schöne, eine sehr schöne Nonne weckte mich, sie saß auf meinem Bett und schwatzte viel. Ich weiß, einmal trieb ich einen frechen Scherz mit ihr. Ich wollte sie umarmen, sie kreischte auf und entfloh. Aber ich stellte fest, daß mir von diesem Tag an alles viel besser und schöner erschien.

Ich streifte durch die Wälder. Hinter mir fielen Eicheln herunter, ich setzte mich irgendwo auf einen Stein und lauschte, wie der Schnee fiel. Und ich hörte, wie sie hungrig, strauchelnd durch die albanischen Höhen und Hinterhalte gingen, wie sie umherzogen, weiterzogen. Ich hörte, wie sie zwischen Pferdeleichen fielen und ihr Leben aushauchten, und ich hörte auch, wie sie um mich herum lasen, daß kroatische Abteilungen als erste die Grenze überschritten hatten. Ein Freund von mir gründete die Adria-Banken und schrieb, daß man alles hier vergessen würde. Ja, man wird es vergessen, und Betrunkene werden auf den Brandstätten Kolo tanzen. Mein alter Lehrer aus Temesvár sprang aus dem dritten Stock und brachte sich wegen all dem um. Mein Gott, wenn nun in der Fremde alle anfangen würden, vom dritten Stock zu springen, dann hätte die Welt etwas zu lachen.

Die Rehe erschrecken und fliehen, wenn sie unsere Spur sehen. Sie vergöttert mich, versteht sich. Wie lächerlich ist das. Ich liebe die Bösen, und alle Guten weinen um mich. Mich wundert nichts mehr. Bei Tagesanbruch wache ich auf und lese Dante.

Wenn die Nacht hereinbricht, kommt sie zu mir. Manchmal denke ich, daß ich verrückt bin, aber noch öfter denke ich, die anderen sind es. Ich tue alles, was auch andere tun. Ich bin vom Weibe geboren. Ich habe die Liebe gekostet und auch die Begeisterung. Sogar in der organischen Chemie kenne ich mich aus. Ich weiß, daß es Ideen gibt, die unsterblich sind. Ich bin jedermanns Bruder, und wir sind Millionen. Mich langweilen die heißen Seiden der Liebe und all diese geistigen Tiefen. Ich werde wieder den Krieg aufsuchen, den Sturm und die Schrecknisse und die Regenfälle, diese schlimmen Regenfälle. Unter Männer, ich möchte wenigstens unter Männer, ich ekle mich vor allen grimmigen Madonnen.

Später, an einem Nachmittag, geschah das Wunder. Der Schnee begann zu schmelzen, und einige kleine Vöglein fingen an, aus dem Wald zu kommen und sich auf unsere Hände zu setzen. Erschreckt flatterten sie auf, wenn einer hustete. In der Nacht weckte uns das entsetzliche Donnern der Lawinen. Dann begannen auch die Bäume zögernd und leise zu rauschen, der stille Bach in der Tiefe bekam eine neue Stimme, sanft, schmerzlich, neu. Und von den Bäumen kamen die letzten gelben, längst verwelkten

Blätter geflogen, die noch nicht abgeweht waren. Die Adler waren verschwunden, und der Himmel bekam einen matten, vollen Glanz.

Wie sonderbar ist doch der Schnee. Er schmilzt nicht, er stirbt nicht wie alles andere, er lacht, er spielt, er trällert. Unverhofft meldet er sich da, wo man ihn nicht mehr erwartet hat. Er liebt die Vöglein, macht ihnen da und dort ein bißchen Erde frei, und darauf picken sie herum, mit lieber Besorgnis schauen sie auf die Erde, in der es nicht ein Körnchen für sie gibt, dann hüpfen sie zwei-, dreimal herum und fliegen beleidigt davon.

Es gab da eine Bank, eine gute Bank über einem Bergabhang, hingeworfen in Luft und Himmel, da saß ich. Ich hatte den Zusammenhang und den Sinn menschlicher Handlungen und Erinnerungen verloren. Das vermischte sich alles in mir. Wer weiß, was Leben ist?

Auch der Winter zerriß. In Fetzen und traurigen Lumpen lagen die zarten Schleppen des Himmels und des Schnees auf den Mauern, die Sterne wurden dunkel, und die Nächte waren nicht mehr so klingend, sondern still und erfüllt von einem weinerlichen Zauber. Ich faltete mehrere Male die Hände. In mir war eine Mattigkeit, eine Mattigkeit, die keinen Ursprung und keinen Herrn hat. Mehrere Male sank mein Kopf zurück, und es kamen aus mir schmerzliche Worte, die ich einfach so in den Wind flüsterte.

Die Leute husteten immer schlimmer, und eines

Tages fiel ein großer Tscheche neben mir auf die Treppe, den Mund voller Blut. Ich betrachtete ihn betroffen. Er starb nach drei Tagen. Und der Frühling kam. Die Eichhörnchen kamen aus dem Wald und verliefen sich bis in unsere Zimmer.

Seit ich zurückgekommen bin, fällt morgens eine gelbe Düsternis auf das Dach. Dunkelheit, ja Dunkelheit ist dieser warme Schein, der mich früh weckt. An der Küste, irgendwo weit weg, ist jetzt Frühling.

Leben, Sünde, Ordnung, Gesetze, Grenzen, das sind alles so verschwommene Begriffe für mich. Daran bin ich nicht schuld. Doch wie es auch sei, ich weiß, ich werde sterben; mit einem müden, aber heiteren Lächeln werde ich sterben, auch wenn mir alles unklar ist, was ich getan und durchlebt habe.

Die Sonne brennt schon. Über das Wasser hört man Zurufe. Oben am Berg brechen sie Steine. Sie haben mich hinausgetragen. Krakau liegt mir zu Füßen. Hinter mir prasseln die Steine den Hügel herab. Um mich herum spazieren schlanke, kaukasische Wojwoden, die heimlich Sektorgien feiern. Sie bitten mich um Romane von Ohnet. Nur einer im gelben, fahlen Uniformmantel geht mit seinem Hund genau um diese Zeit jeden Tag hinunter an die Weichsel. Er ist immer mürrisch und immer allein mit seinem Hund. Ich warte jeden Tag darauf, daß er mir sagt, er sei ins Wasser gesprungen. Immer ist er allein. Die Sonne geht früh unter. Jetzt hat sie einen starken und schmerzhaften Schein. Wenn ich mich nicht schämte, würde ich an ihn herantreten und ihn ansprechen: »Mein Lermontow, wie kommst du hierher?« Aber er ist immer verdrießlich. Durch den Hof rollen Russen Fässer und schütteln Tücher aus. An Feiertagen singen sie Liturgien, und tagsüber springen sie heimlich in die Müllgruben, ziehen Essensreste heraus und knabbern hungrig daran. Abends kochen sie Tee und lachen, so verschmiert und schmutzig, wie sie sind; ihre Haut glänzt auf ihnen.

Es gibt auch Leute von uns. Meist sind sie aus Podrinje. Sie beklagen sich nicht, greifen schnell zum Messer oder zu einem Stein. Jeden begleitet eine Wache, und sie singen. Ich sah einen, wie er da vor der Tür lag. Er trällerte, und aus seinen Augen schaute der Tod. Er trank Essig, sagte, das mildere den Schmerz in der Brust, und lächelte. Durch ihn wurde ich daran erinnert, daß anderntags Mariä Verkündigung war.

Doch mir tun die Russen mehr leid als diejenigen, die man später in den Lesebüchern für die dritte Klasse feiern wird. Unsere Herzen sind schon längst verstockt. Niemand weiß wie sie, das Vieh zu kurieren und mit Frauen umzugehen. Und wenn man sie zwingt, Kohlen zu schleppen, dann singen sie. Aber die Russen liegen schmutzig, verschmiert und zerzaust im Dreck. Die Erde ist ihnen in die Haut gedrungen. Aus einer Müllgrube erhebt sich vorsichtig ein struppiger Kopf und knappert an irgend etwas. Ich gebe ihnen Brot, frage, ob sie Herrn Repin kennen, aber sie kennen ihn nicht. Sie schütteln traurig den Kopf. Aus der Ferne beginnt es zu läuten, ihre Schatten bekreuzigen sich schnell und beugen sich über den Müll. All das ermüdet mich so.

Ein Kellner wacht in der Nacht an meinem Bett. Ich schweige, und er erzählt, erzählt. Er hatte die Frau eines Offiziers zur Geliebten, der bei Šapac gefallen war. Er sagt, daß er zuerst bei ihrem Dienstmädchen geschlafen habe, dann aber auch von ihr eingeladen wurde. Erst für weißes Mehl, dann für Fett, dann für Salz. Oh, das wird alles vorübergehen, und man wird es vergessen.

Diese Russen, die da im Dreck vor der Türe liegen, erinnern mich an alles. Oh, wie süß muß ein Frauenkörper sein, der sich für Salz und Mehl hingibt. Das wird alles vorübergehen. Ich muß über Brücken spazieren, denn ich bin krank, und nur über Frühlingswassern beruhige ich mich. Wenn ich verrückt werde, bringen sie mich ins Irrenhaus.

Meine Liebste ist wiedergekommen. Sie ist eine sehr vornehme Frau und wird niemals aufhören, mich zu lieben. Sie liest Sonette von Frau Browning und besitzt einen Ring, den König Poniatowski getragen hat. Ihr Haar ist wie rote Seide. Überhaupt ist alles an ihr seiden.

Ich sehe ein besseres Jahrhundert kommen, es kommt immer eines.

Nachts ist es besonders schwer in diesen Bretterbuden. Heute nacht zum Beispiel kamen Leute gelaufen, die mit den Gewehren polterten: Wir sollten sofort kommen. Wir liefen hin. Im Gefängnis sind die Schlösser verrostet, die Fenster sind vom Staub gelb geworden. Dahinter zeterte jemand und rief um Hilfe. Einer schlug um sich, und klirrend zerbrachen Scheiben. In den Gängen konnte man kaum die Leuchter erkennen, und in der stickigen, düsteren Zelle zerrten vier Männer an etwas in schwarzgelber russischer Uniform und schlugen darauf ein. Es war mein Lermontow.

Der Tisch war blutig, Brot und Suppe waren verstreut und verschüttet. Sie zogen ihn über den Fußboden, er schlug um sich und schrie. Das ging schon seit drei Wochen so. Er hatte gestohlen, und sie hatten ihn zu fünf Jahren verurteilt. Entehrt und in der Erwartung, daß sie ihn in die Stadt bringen würden, spielte er den Verrückten. Aber die Ärzte bestätigten das nicht. Vielleicht war er wirklich verrückt. Er sprang mich an, doch sie überrumpelten ihn; doch statt mich zu schlagen, schrie er ein sonderbares Wort und weinte. Sie schleiften ihn über den Boden und führten ihn weg in eine leere Zelle. An allen Türen klopfte es mit schrecklichem Dröhnen. In den Gittern erschienen unrasierte, bärtige Köpfe. Der Boden war mit Blut verschmiert. Sie riefen den Arzt.

Ich habe mich lange gefragt, was er von mir gewollt hatte. War er von der Wolga, vom Ural oder aus den fernen Steppen? War er ein verrückter Petrograder Student oder eine kleinstädtische Offizierskurtisane? Um was weinte er, vielleicht um die verlorene Ehre oder um eine gepuderte Frau? Was dachte er, starb er jetzt für Mütterchen Moskau, da ihm die Japaner die besten Freunde sind, und was war vor zehn Jahren, als sie seine Feinde waren? Hatte er einen Sohn, oder war er ein Schauspieler? Was hatte er mir ins Gesicht geschrien?

Heute ist Sonntag, vormittags. Morgen reise ich aus Krakau ab. Sie haben mich als Kurier genommen. Erst haben sie mich eingesperrt und geschlagen, jetzt nehmen sie mich als Briefträger. Also gehen wir in die Kirche. Ich bin allein und müde. Die violetten, mit Gold bestickten Gewänder des Priesters und die kalten, prunkvollen lateinischen Worte werden meine bäuerlichen, aber zerrütteten Nerven beruhigen. Ich werde die schöne Komödie des Weines, der sich in Blut verwandelt, sehen. Dieser rote Wein, den ich nicht sehe, den ich im goldenen Kelch nur ahne und der zu mir über dunkle Geheimnisse spricht. In einer Orgie religiöser Trunkenheit werden über meinem Kopf Violinen, Trommeln, Orgeln erklingen. Es ist Sonntagvormittag. Dann werden wir aus dieser fremdländischen Kirche hinuntergehen zur Weichsel, wo mich ein mit grünem, feuchtem Moos bewachsener Kahn erwartet, und wir werden wegfahren durch das Schilf und die Blumen, die aus dem Wasser sprießen und in der Sonne sterben. Um uns herum werden Schwalben spielen. Dann werden wir in das Schilf eindringen, und wenn der Kahn hält und wir daran denken, daß wir morgen weiter müssen, dann werden wir die Köpfe senken, müde von diesem Sonntag. Wir werden über dem Wasser träumen: von all den Blumen um uns, von den Kirchen und der Mutter, in leidenschaftlicher Jugend. Und all das vermischt sich mit dem frühlingshaften, duftenden, ewigen Himmel. Nein, niemals möchte ich einen Sohn haben. Ich wäre entsetzt, wenn ich ihn sehen würde, jung und schön in seiner ersten Jugend, und ich wüßte, was ihn erwartet. Und wenn sie mich dort auf diese Kirche stellen würden, hoch hinauf, wie einen Muezzin, würde ich in den Abend voller Felder und duftender Blüten schreien, meine ganze Verzweiflung und allen Abscheu über das Leben würde ich hinausschreien. Man erzählt mir, wie schüchtern ich einst war. Wie krank, wie unvergänglich ist die Liebe! Ich bin allein und habe niemanden. Die Scharen der Gefangenen gehen, sie gehen und wissen nicht wohin. Ich sitze auf den Bahnstationen und schaue in die roten, nebelumhüllten Bäume. Die Liebe, wie unvergänglich ist die Liebe. Mir scheint, daß nur sie und der Herbst bestehen, alles andere ist Täuschung. Es gibt weder etwas, was ich wünsche, noch etwas, das ich bedaure. Mir geht es gut. Ich werde an Grenzen, an Städten vorüberkommen, an Dörfern, an Wäldern, an Wassern, und an mir wird nichts bleiben als der Staub an den Füßen, im Herzen Schweigen und im Gesicht ein mildes Lächeln, glühend und gedankenlos. Wo ist nicht überall etwas zurückgeblieben und abgefallen von meiner zerrissenen Seele und von meinem lumpigen Leben.

Es war schön so. Wir saßen, und gleichzeitig bewegten wir uns im dichten Qualm vorwärts.

Man reist auf zweierlei Art in den Tod. Die einen sind sauber, ihre Knöpfe glänzen, sie sind sauber und lachen lieb, sie küssen sich lange auf der Bahnstation. Sie küssen der Frau die Hand, sie weinen mit der Mutter, umarmen den Bruder, heben den Sohn hoch. Sie lesen Zeitung und debattieren aufgeregt über die Freiheit der Völker. Sie tragen Briefe und Medaillons ihrer Geliebten mit sich. Alles interessiert sie, und ihre Mütter und Frauen reden lange und schämen sich nicht zu weinen, geben Anweisungen, sorgen sich, nehmen innig Abschied.

Doch die junge Frau daneben, die nicht weint, lächelt ironisch. Sie ist bleich; sie wartet darauf, daß der Zug abfährt. Zuvor verabschiedet sie sich noch mit einem kurzen Kuß und einem flüchtigen Lächeln: »Paß auf, daß du dich nicht erkältest, daß du kein Zahnweh kriegst, das tust du doch für gewöhnlich.« Auch sie würde ihn gerne umarmen und weinen, aber er läßt sie nicht, er, der nicht will, daß ihn die Mutter begleitet und daß man sich küßt. Er schickt sie vom Bahnhof ins Theater, spricht über ihren Hut, den sie, die Arme, weinend von sich werfen wird, wenn sie wieder zu Hause ist. Er, der nicht nach Recht und Ziel des Krieges fragt, der unbeschwert in den Zug steigt, findet schnell Platz, und die Hauptsache für ihn ist, daß er einige hundert Zigaretten bei sich hat. Er ist ein junger Arzt. »Rauchen«, sagt er und setzt sich neben mich, »rauchen, so lautet ein türkisches Wort, heißt auf den Wolken sitzen und die Erde anlächeln.«

Durch den Qualm höre ich später zweierlei Stimmen. Eine verteidigt laut die Ehre des Volkes, glaubt an die Armee, spricht über den Sohn; die andere spottet, erzählt von den Diebereien in den Stäben, vom Dreck und vom Regen.

Da seufzen alle. Sobald man den Regen erwähnt, sind sich alle einig und seufzen bitter und kummervoll. Doch gleich darauf spricht man von Frauen. Der neben mir sitzt, lacht, erzählt von einigen alten Weibern, die ihn in Šapac mit Bomben überfielen, und verweist auf eine Statistik, mit der er beweisen will, daß die Frauen überall zur Prostitution neigen. Rauchschwaden winden sich, Gelächter ertönt. Alle diese Frauen, Mütter und Schwestern in den Krankenhäusern und Parkanlagen erscheinen in seinem Reden und Lachen. Auf dem Boden in den Kaffeehäusern krabbeln sie herum und geben sich hin, auf Stühlen, berauscht, glückselig; und auf seinen blutigen Tisch kommen unablässig Tausende blutiger Männer und verlassen ihn wieder ohne Beine, ohne Kopf, ohne Ohren, ohne Augen, ruhig und kräftig wie das Vieh. Der Zug eilt dahin, eilt dahin. Fassungslose Väter schreien ihn an, aber er redet unaufhörlich und lachend von Zahlen, Statistiken, von furchtbaren, erschreckenden Zahlen.

Ein einziger sitzt bleich und schlaff und ausgelaugt und mischt sich nicht in das Gespräch. Er ist Flieger, riecht nach Parfüm, er pfeift vor sich hin, zieht ruhig zahllose Briefe heraus und liest und liest; er trägt Seidenwäsche und um das Gelenk ein goldenes Armband. Wenn er sich in die Debatte einmischen muß, lacht er verächtlich und spricht nur vom Tod.

»Was geht mich die Welt an, ich erfülle nur meine Pflicht, niemals wird man über mich etwas anderes sagen können als ›Gentleman‹.« Er erzählt, wie dürftig ihre Maschinen sind, wie die Engländer über sie spotten und in der Luft mit ihnen spielen. Er weiß, daß er bald sterben wird, das wissen sie alle, und er spricht über alles verächtlich. Er erzählt von einem See bei einem Waldstück, wo ihre Hangars versteckt liegen und wo sie in ruhigen Tagen nur Fische fangen und Bridge spielen, er erzählt von einer Prinzessin Metternich, die einen Bruder bei ihnen hat und manchmal zu Besuch kommt. Sie ist nicht weiß Gott wie schön, aber sie hat jenes Raffinement am Körper, das nach Buhlerei aussieht, aber vornehm ist und süßer als alles auf der Welt. Die anderen lachen und stampfen, er trinkt und bietet Champagner an. Er war bei seinem Vater, um sich zu verabschieden. Sein Vater ist Lehrer in den Bergen. Er hat ihm tausend feine Zigarren entführt. »Er wird seinen Tod leichter verschmerzen.« Er lacht dumm, aber dennoch beneiden ihn alle, denn er ist ruhig und weiß, was er will. Wir schaukeln gleichmäßig im Qualm.

Der Zug eilt durch die Wälder und Schluchten. Vor Sonnenaufgang kommen sie wieder zu sich, strecken sich aus, schauen schweigsam und düster durch die vernebelten Fenster. Draußen fliegen sie vorbei: Karst, Büsche, Drähte, Haufen und Knäuel von verschlungenem Stacheldraht; Kartuschen und volle Wasserlöcher in den Tälern, aus denen Brandstätten und Ruinen ragen. In der Ferne, links unten im Nebel, sieht man einen grünen Flecken, das ist meine Adria.

Da sitze ich auf einem Grab. Ich habe gut geschlafen. Als ich aufwachte, sah ich, daß ich auf einem Mädchen geschlafen habe. Sie hieß Neve Benussi. Ja, sie lag da ruhig unter der Erde. Dreizehn Jahre hat sie gelebt. Das war meine unschuldigste Hochzeitsnacht. Um uns stehen düstere Skulpturen, doch ich lächle fröhlich. Aus der Ferne schimmern weiß die eisigen Alpen, es erscheint wie ein Glück, ein unendliches Glück der Erde.

Zerlumpte und bleiche Kinder laufen über den Friedhof und schreien: »Un soldo, un soldo, signor sottotenente.« Frauen mit Biberpelzen und Umhängetaschen wiegen sich mit ihren herrlichen Gliedmaßen, und ich muß laut über einen Priester mit schwarzem, affenähnlichem Gesicht lachen, der näher kommt und mich erstaunt ansieht, weil ich auf dem Friedhof geschlafen habe und auf einem unbekannten Grab gähne und mich wasche.

Wieder wird er mir klagen, wie viele Bilder wir in den Kirchen zerstückelt, Altäre beraubt, Fenster herausgenommen haben, und am Ende wird er mir Risotto anbieten. Doch ich lache schallend, ziehe eine Birne aus der Tasche, sie ist rot, beiße hinein und lache. Aber das ist alles nur wegen der Morgenröte. Die Morgenröte hat mir schon immer das Gehirn vernebelt. Er wird mir seinen Esel zeigen, den einzigen, den sie ihm gelassen haben, und dann wird er über sein Rheuma sprechen, und wir werden in seine kleine Kirche gehen. Sein violett- und goldbesticktes Priestergewand wird meine Augen beruhigen.

Heute kommt Er, Er der Kommandierende. Er ist von unserem Blut, aber er hat noch weniger Scham als wir, die letzten Diener des herrlichen Österreich. Der General wird barhäuptig dastehen, Trommeln werden wirbeln, Violinen und nach Weihrauch duftende Orgeln werden der einzig reinen Mutter singen. In der Ferne werden die Kanonen donnern. Und wenn wir hinausgehen, wird uns die Sonne bescheinen. Ich werde mit einem Deutschen über Napoleon sprechen, über Debussy, und dann mit einem Tschechen über die Kaiserin, über die man seltsame Gerüchte verbreitet. Dann wird ein Slowene zu mir herantreten. Er wird mir Anekdoten erzählen, erst über Grohar und dann über den Wojwoden Mišić, heimlich, versteht sich, und leise. Unterdessen werden Tausende vorbeimarschieren. Wir rechnen mit hunderttausend Toten. Und alle werden wir zufrieden sein. Nach dem Essen werden wir uns an die Kindheit erinnern, an das Orpheum, an die Schule. Jeder wird vom Krieg erzählen, sein Volk feiern, soweit der Blick des Generals das zuläßt. Wir werden uns leise über die Deutschen unterhalten, die Räuber sind, und über die Franzosen, von denen der General sagt, daß sie Päderasten seien. Und so wird unser Tag vergehen. Morgen beginnt der Angriff.

Heute werden wir darauf warten, daß der General auf eine kleine Glocke schlägt und das Zeichen dafür gibt, daß jeder seinen Tabak anzünden darf. Jeder wird in seinen Rauch schauen, und wieder wird ein Tag vorüber sein. Aber ein schöneres Jahrhundert wird kommen, es kommt immer eines.

Es geschah während der Nacht. Der Schnellzug bohrte sich in uns hinein, sprang über uns hinweg. Es gab reichlich Tote. Bis zum Morgengrauen sammelten wir die Verletzten ein; es brannte alles. Sie saßen ruhig auf der Erde und aßen ihr Brot. Viele gingen umher und suchten ihren verlorenen Urlaubsschein. Ich fragte sie, wie es ihnen ergangen sei. Ich selbst hatte nur Striemen auf der Stirne, aber sie gaben mir keine Antwort und aßen ruhig ihren Kanten Brot. Unten sah man Triest, ganz im Glanz. Vergebens fragte ich sie, wann sie zum letzten Mal zu Hause auf Urlaub waren, sie schwiegen und aßen ihr Brot.

Unsere sind am Tomba, dort stirbt es sich schneller. Am Ende tut mir keiner leid, am wenigsten ich selber. Wir müssen aussterben, wir sind nicht für das Leben, wir sind für den Tod bestimmt. Nach uns wird ein besseres Jahrhundert kommen, immer kommt eines.

Leid tun mir diese dummen, schmutzigen Väter, jene, die nicht vor Salomé auf den Bauch fallen, die keine Romane lesen, diejenigen, die nicht wissen, wer Wilson ist, diejenigen, die abschätzig über ihre Kühe sprechen. Diese Väter tun mir leid. Ich sehe sie in den schmutzigen Kluften liegen, in nassen, stinkenden Lachen, gelb und einsam wie die Erde. Wenn ich mich nicht schämte, würde ich sie trösten.

Oh, wie sie lächeln, wenn ich zu ihnen über die Familie spreche. Ich wollte einmal Bildhauer sein und dachte, griechisch zu sprechen sei das Paradies. Heute bin ich aufs Töten aus, aufs Töten. Auf alles antworten sie mit Mord. Mord? Wo sind jetzt die Göttinnen der Kunst, die halbnackten Frauen mit dem Schnabel des Schwans zwischen den zusammengepreßten Schenkeln, die goldenen Sonette, und die Tausende und Abertausende nackter Frauen, Dome und Götter, Dichter und Affen? Sind sie überall so schweigsame Väter? Nicht einer kam von zu Hause heiter und besänftigt zurück. Alle kommen sie ergrimmt und sprechen von Mord. Gestern abend mußte ich mich über den Geist äußern, der in der Division herrscht. Ich meldete: »Nicht Nationalismus, sondern Familienkatastrophe; in einem Jahr Revolution.« Alle waren entsetzt und sagten, ich sei verrückt. Ich hätte mich gefreut, wenn sie gemordet hätten. Sollen sie doch morden!

Ich bedaure keinen, am wenigsten mich selbst. Alle sind in Fetzen, liegen im Dreck. Was soll ich ihnen sagen, was soll ich ihnen erklären? Sie beginnen, mich zu fragen. Sie wissen nicht, daß ich ein Fremder bin, verschlagen und dumpf streichen sie um mich, den Jüngsten, herum und fragen und fragen. Diese Väter erzählen allerlei Sentimentales, doch ich mag das nicht. Zum Teufel, ich bin ein gebildeter Mensch und weiß, mit wem ich es zu tun habe.

Ich bin zu Hause. Ihr Mann ist gekommen und hat ihr das Kind weggenommen. Ich schämte mich ein wenig; fast hätte sie sich mit ihm versöhnt. Er sagte, er würde mich töten. Ich habe darüber gelacht. Oh, wie schön wäre es, wenn wir noch wüßten, was Furcht heißt. So entschloß sie sich am Ende doch für mich und begann einen verzweifelten Kampf um das Kind.

Ich schäme mich ein wenig. Ich glaube, daß ich von ihr fliehen werde. Irgendwann bin ich in meine lächerliche Heimat gekommen. Alles ist fröhlich. Meine Tanten fragen mich, wem ich so viel schreibe, und ich sage ihnen: »Den Toten.« Sie bekreuzigen sich und glauben, daß ich den Verstand verloren habe. Über die Dächer fällt gelbe Dunkelheit. In der Frühe wache ich auf, sehe, wie sich die Tauben lieben. Das Kreuz auf der Kirche hat eine rote Farbe. Das heißt, es ist Sommer.

Das Leben ändert sich nicht. Es geht vorüber. Ich ziehe durch Sträucher und Gestrüpp. Ich finde meine Patronenhülsen bei den Weiden und schäme mich meiner Heimat. Wenn mir langweilig wird, jage ich Rehe, die schon mein Vater gerne gejagt hat. Überhaupt gefällt mir das Töten jetzt sehr. Ich liebe auch meine Heimat, doch das Töten heilt alles, es ist die einzige Wahrheit. Habichte und Raben kreuzen über meinem Kopf, und aus der Ferne betrachten mich die Wälder. Sie sind die einzigen, die mich lieben, außer den Frauen, von denen ich etwas verstehe. Sie sterben vor Hunger über dem nackten Gestein. Bei uns bezahlen die Frauen die Gendarmen mit Getreide und ihre Liebhaber mit Fett, und wenn der Ehemann nach Hause kommt, stechen sie ihn ab. Nie hätte ich gedacht, daß Agamemnone durch meine Heimat streifen würden. Sonst ist alles beim alten. Die Lehrer singen ungarische Hymnen, die Kinder holen Wasser und säubern die Schulen; die Popen werden fett, und wenn sie betrunken sind, halten sie eine Rede auf General Živković. Der Frühling ist noch im Lande, es riecht. Der Acker riecht, Hasen jagen einander, die Glocken läuten in der Ferne. Meine Frau habe ich noch nicht gesehen, aber sie versucht, sich mit mir auszusöhnen. Doch in der Stadt will mich niemand kennen, sie hassen mich.

Sie ist zurückgekommen, hat den Mann verlassen. Er hat ihr versprochen, daß er mich töten wird. In den Armen brachte sie mir ihr Söhnchen, und ihre Augen waren voll Tränen. Schluchzend setzte sie sich in eine Ecke. Sie bat mich, ihr zu verzeihen, ihr zu erlauben, daß sie mich jeden Tag wenigstens mit dem Finger berühren dürfe.

Sie kniete vor mir und flüsterte, daß sie ohne mich nicht leben könne. Ich sagte ihr, sie soll gehen. Ich ahne den Tod und huste oft, und es wäre zu sentimental gewesen, in ihren Armen zu sterben. Sie hätte zu laut geweint, und ich liebe nicht das Weinen, sondern die Trauer. Ich bin nicht mehr begierig, daß man mich liebt, noch daß mir jemand die Hand reicht. Es war genug. Wenn es Liebe war, so habe ich mich sattgeliebt. Ich bin müde.

Unter meinem Fenster ist Korn gewachsen, und hundertmal am Tag möchte ich weinen. Ich tue mir selbst leid. Aber auch das Korn tut mir leid. Wer weiß, vielleicht kann sie wirklich nicht ohne mich leben. Ist sie vielleicht schuld, wenn die Liebe nicht ewig währt? Ich gebe alles zu; ich wünsche nichts mehr, nur daß alles, was kommt, schnell vorübergeht. Als wir uns fanden, hatten sie und ich schon tausend Sünden, Gewohnheiten und Schatten in uns. Ach, wenn die Liebe im Wald begänne, wie wäre alles leichter.

Hier sitze ich die ganze Nacht wach, meine Soldaten notieren Züge voller Kanonen. Sie kämpft noch, schwört mir, daß sie ihren Mann nicht gesehen hat, doch ich habe erfahren, daß sie ihn mit mir und mich mit ihm betrog. Sie ist rührend in ihrem Lügen und ihrem Kampf. Immer höre ich ihr weiches, wisperndes Polnisch hinter mir, ihre fröhlichen Beine ruhen nie, und ihre matten Augen, die sich mir anbieten, sind gut in dieser Einsamkeit. Sie ist nicht schön, sie ist nicht schön, aber gerade darum habe ich sie geliebt. Ich erinnere mich bitter, wie grob mich die Tante empfangen hat, als ich sie nach Hause brachte: »Das ist auch so eine verblendete und dann im Stich gelassene Weibsperson.«

Ich bereite mich für eine Reise nach dem Städtchen Sankt Andrä vor, wo meine Vorfahren gelebt haben.

Sie kämpft noch. Ihr Lächeln ist hilflos, und ihre Schultern sind schwach, aber diese liebe ich noch. Sie sagt, daß sie viel geweint habe und daß ich selbst schuld sei, wenn ich nie glücklich war. Wer weiß. Sie versucht, mich zu bezaubern und spricht viel über das Slawentum. Aber mich langweilt das so. Sobald der letzte Zug vorbeifährt, kommt sie zu mir. Und ich sehe die Felder und das grüne Getreide, das weit weg gewachsen ist, und ich wundere mich, von wo es hierherkommt. Sie sagt, ich soll bleiben und wir würden wieder glücklich sein.

Oh, ich habe nichts gegen sie, ich bin nur müde. Sie kniet vor mir und küßt mich. Eines Abends sagte sie mir, ich soll ihn doch töten, wenn ich nicht glaube, daß sie mich liebt. Aber warum sollte ich es nicht glauben? Ich glaube es, ich bin nur müde. Ich habe aufgelacht. Oh, wenn ich noch die Kraft hätte, jemanden zu töten, ich würde fröhlich aufjauchzen. Hier ist ein schöner Himmel, es hat keinen Sinn zu schreiben. Sie kämpft noch. Ihre schlanken Beine zittern, ihre Augen umnebeln sich im Nu. Sie lächelt und erinnert mich an die Studentenzeit, erzählt von verbrannten Dörfern, von einem Waggon, in dem erfrorene Kinder lagen, und am Abend spielt sie mir russische liturgische Gesänge vor, weil sie weiß, daß ich das liebe. Sie ist listig und rührend. Ich schäme mich vor mir selbst, aber noch mehr widern mich alle um mich herum an. Von unserer Jugend bin ich angewidert, von den Vätern, von unserer Zukunft. Jeden Tag preist sie hundert Neuigkeiten über die »Unsrigen drüben«. Wie tut es mir leid um diejenigen, die für uns kämpfen, für uns, für den Friedhof, für den Friedhof. Soll ich vielleicht anfangen zu jubeln? Mit den Schuften und Schurken, die alles vergessen und auf den Brandstätten tanzen werden? Sie bringt mir weiße Rosen und spottet über meine Trauer. Sie wartet jeden Tag darauf, daß sie mich entlassen, und sie möchte mich in ihr Haus bringen. Sie meint, daß wir bis zum Tode irgend jemandes Kinder seien, und eines Tages sagte sie mir, daß sie sich gerne die linke Lunge herausschneiden und mir geben würde. Wer weiß, vielleicht hätte sie sie herausgeschnitten. Den ganzen

Tag erzählte sie mir von ihrem Söhnchen. Wie sehen mich diese vier dunklen tiefen Augen an, erschrokken, so erschrocken. Sie weint, wenn ihr Söhnchen nicht Papa zu mir sagen will. Und wenn ihr danach ist, faßt sie mich unter, und wir gehen zur abendlichen, dunklen Grenze. Sie sagt das süßer und trauriger: »wieczorna«, mit einem hilflosen und matten Lächeln, das langsam wie meines geworden ist und über das ich so spotte. Heute sagte mir der Arzt, daß ich noch dreißig Jahre leben werde und daß alle meine Schmerzen Einbildung seien.

Aus der Ferne schauen die alten Kirchen auf mich. Sie sieht schon, daß alles vergeblich ist, aber sie hofft noch. Noch ist sie nicht weggegangen, aber das Kind hat sie schon zum Vater geschickt. Sie weint jeden Morgen, und ich gehe neben ihr ohne Lachen, aber auch ohne Trauer. Den ganzen Tag liege ich auf dem Feld, auf dem Boot, auf dem Wasser. Manchmal scheint mir, daß ich genesen werde, ich schlage fröhlich mit dem Ruder, und das Wasser lacht; Schwalben schwirren mir um den Kopf und wiegen sich in der Sonne.

Um mich herum klaffen grasbewachsene Gräben. Hinter dem Friedhof sehe ich einen Hügel, er grünt. Unter ihm liegt eine junge slowakische Lehrerin. Sie trug, so sagt man, immer große, mit Beeren geschmückte Hüte und tanzte gerne. Man hat sie aufgehängt, da sie angefangen hatte, die Soldaten aufzuwiegeln. Man sagt, sie habe einen Brief von Kerenski in den Händen gehabt.

Sie hätten sie nicht aufhängen müssen, nein. In Rußland ist schon etwas ganz anderes in Mode. Man hätte etwas warten sollen, alles ändert sich. Heute sterben wir für eine schwarze Fahne, morgen für eine weiße und übermorgen für eine bunte. Um dieses Grab ist Trauer, Trauer. Darum herum mähen sie Getreide. Ich schweige, meine Stimme hört man kaum. Gebückt und müde gehe ich durch das Laub. Es läutet, es läutet immer, wenn ich auf dem Feld bin. Wenn eine Wachtel auffliegt, erinnere ich mich an die Erde in der Fremde und lege mich müde in die Ähren oder in die Hirse. Das gelbe Laub wird uns retten.

Dunkelheit bricht herein, weiche Mondlichter mit hellen Stirnen kommen und legen sich in die Brunnen und breiten die Nacht aus. Das Herz schwingt sich empor, setzt sich auf eine Sternschnuppe, die im Sturzflug weiterzieht, und das Herz fällt vor uns nieder. Wir heben es auf und betrachten es – und es lächelt. Die sanfte, müde Hand streift durch das Gras, und zwischen den Fingern quillt Erde hervor, die eine verlassene, unendliche Seele hat. Wir sind alle gleich. Überall ist mein Vaterland. Überall ist Liebe, denn überall sind Gräser, Wurzeln und verwelktes Laub. Eine Sense klirrt, Tränen fließen. Von den Pappeln fällt raschelnd neues Laub, und wenn ich mit der Hand über die kalte Stirne streiche, tut es mir bitter leid, nicht um die Menschen, sondern um das Laub. Sie liegt neben mir im Gras und fragt, ob ich an die Heimat denke. Ich bin vom Militär entlassen und werde nach Hause reisen, um dort zu sterben, obwohl der Doktor sagt, daß ich noch dreißig Jahre leben werde. Wir liegen im Gras an der Weichsel.

Wir lieben uns nicht. Irgendwo zwischen den Bäumen fällt ein verwelktes Blatt. Ich nicke ihm zu. Ich bin niemand und nichts. Ich gehe nach Hause. Heute war zum ersten Mal Nebel. Vielleicht hat sie mir ein Engel gebracht: eine glanzlose Blume, eine Blume zu Mariä Verkündigung, mit dem kranken Honigduft der einzigen Blüte, die nicht welkt, der Trauer. Ja, ich weiß, daß ich lächerlich bin, aber trotzdem weiß ich, daß wir Millionen sind, die nichts mehr lieben, nur noch das Laub, das Laub. Meine Seele hat nicht mehr jene glühende Hoffnung, die mich von Stadt zu Stadt trieb, von Wald zu Wald.

Über dem Wasser ist der Himmel anders, er flimmert geradezu, so blau ist er. Das Wasser flüstert mir zu. Sie spricht von ihrem Söhnchen und bittet, daß ich sie mitnehme. Ich bin nicht mehr begierig, daß mich jemand liebt. Ich werde keinem dankbar sein, und ich werde von ihr fliehen. Ich habe mich nach meiner Heimat gesehnt, damit ich sie sehen, über sie spotten kann, damit ich unter ihrem Laub liege.

Nein, ich weiß nicht, was gut und was böse ist, ich weiß nichts darüber, was alles mit mir geschah. Ein einziges gelbes Blatt, ein einziges Schlagen von Tauben- oder Schwalbenflügeln über dem Wasser wird mir genügen, daß ich weder traurig noch fröhlich bin, und niemals wird es mir einfallen, an etwas anderes zu glauben als an Pappeln. Wenn ich zurückkehre, werde ich so in die Heimat kommen, wie sie mich weggeschickt haben, lächerlich, doch etwas gebeugter. Wir sind zurückgekehrt, aber wir sind Schatten.

Ein einzelnes gelbes Blatt, einen roten Wald und den Himmel liebe ich mehr als die Menschen. Wenn man mir fröhlich »Guten Morgen« wünscht, werde ich fröhlich mit »Guten Morgen« antworten. Sie liegt neben mir im Gras und sagt, daß alles von uns abhängt, sogar der Tod. Und die Erde um uns duftet und erzählt von den Wurzeln, die in ihr zittern. Alles, was wir wollten und wonach wir uns sehnten, so scheint mir, ist dort über dem Wasser. Rote und grüne Ähren wachsen direkt durch unsere Hände und Schultern. Wir müssen aussterben, wir werden viel Gutes tun mit unserem Tod. Heute sind wir beide sehr traurig. Ihr kleiner Sohn schreibt jeden Tag und ruft sie nach Hause. Ich weiß, sie wird gehen. Ich habe keinen Atem mehr, ich bin krank, ich habe die Gesundheit verloren, die Liebe habe ich verloren, im Laub, irgendwo im Laub. Sie wird weinen und wird mich suchen, aber dann ...?

Ich bin zurückgekommen, genauso lächerlich, wie ich weggegangen bin. Ich habe sie verlassen und bin nach Hause gegangen. Aber was jetzt? Nichts. Ich bin ruhig und zufrieden. Irgendwo fällt ein gelbes, welkes Blatt, und ich nicke ihm zu, ich bin niemand und nichts. Ich bin zufrieden und gelassen.

Die Tanten weinen im Haus herum. Sie sagen, ich sei gelb wie eine Strohblume. Sie bieten mir Milch an. Wenn mir die Muttermilch keine Kraft gegeben hat, vielleicht rettet mich die Milch der weißen, dicken Kühe, in der das Gras duftet. Ich bin nicht fröhlich und nicht traurig. Mag Regen fallen oder die Sonne scheinen, mir ist alles so gleichgültig. Ich werde schweigen, denn ich liebe niemanden. Die Tanten sagen, alles wird vorübergehen. Wir haben die Häuser voll mit kleinen Bosniern, Waisen. Das Jugoslawentum ist sehr in Mode.

Jetzt holen sie wieder die Bilder des Zaren Dušan heraus und stauben sie ab. Man wird noch erzählen, daß alles ein häßlicher Traum war. Es ist alles beim alten. Was weiß ist, wird morgen schwarz sein und übermorgen gelb.

Sie hat geweint, aber sie wird nicht sterben vor Schmerz, man stirbt nicht am Schmerz, man stirbt an der Ehre. Ich bin zurückgekehrt. Sie wollen mich zum Präsidenten eines Kreises wählen, ich weiß nicht, was für eines Kreises. Vor Tagesanbruch bin ich geflohen. Sie wird aufschreien, wenn sie sieht, daß ich nicht mehr bei ihr bin, und wird weinen. Aber dann? Mir tut ihr kleiner Sohn leid. Er ist ein Kerl, er ist nicht mein Sohn, aber er sieht mir völlig ähnlich. Sie sagt, sie habe immer an mich gedacht.

Im Morgenrot bin ich von ihr geflohen. Meine Soldaten sahen mich verwundert an, als ich zum Boot ging. Unausgeschlafene, zerzauste Frauen zerrten vor mir die Kinder von der Straße, als ob ich der Teufel wäre. Dann zogen Berge, Wälder und Weingärten an mir vorüber. Ich ziehe gerne um.

Als wir ankamen, sah ich das Städtchen, in dem meine Mutter geboren wurde. Es war voller Kirchen, über denen die Glocken schwiegen. In diesem Städtchen war das Grabmal meiner Großväter. Ich war sentimental. Wir standen vor irgendwelchen Gärten. Ich ging durch steile Straßen, vorbei an kleinen, von Gärten umgebenen Häuschen und schaute überall hinein. Hie und da sah ich bunte Bilder vom »Abendmahl im Kosovo«, wieder irgendwoanders sah ich Teppiche, die ich so sehr liebe. Ich fragte jemanden, ob er Herrn Jaša Ignjatović kenne, aber der Alte sah mich an und sagte leise auf ungarisch, er kenne ihn nicht. Der Tod verbirgt sich in den Gärten. Überall erwarteten mich Gärten. Die Kirchen waren leer und kalt, ich hustete in ihnen. Die Kirchen waren leer und dunkel und die Fenster staubig und trübe wie meine Augen. Ich liebe meine Augen. An allem sind meine Augen schuld! Niemandem bin ich dankbar außer meinen Augen. Sie waren mir mehr als die Mutter. So besuchte ich das Grabmal meiner Ahnen. Es war langweilig. Ich sage immer: Die Ehrenhaften gehen unter. Der Bischof hatte dort den ungarischen Katechismus angeordnet, und die Gärten waren voll von Unkraut. Bei uns ist die Liebe zum Vaterland Mode, wie sollte ich mich nicht daran erinnern. Ich liebe meine Ahnen; die wußten zu töten. Überhaupt gefällt mir jetzt das Töten sehr. Die Glocken läuteten, denn ich habe es so eingerichtet, daß ich ankomme, wenn die Glocken läuten. Ich bin ein gebildeter Mensch, ich weiß, daß man alles gut einrichten muß.

Ich besuchte die Frau, die mein Vater vor meiner

Mutter geliebt hat. Er hatte eine Unmenge von Geliebten, wie ich. Ich ging durch die steilen, kleinen, engen Gassen, sie waren voll von Kindern. Und darüber schauten überall leere, verlassene, staubige Kirchen auf mich. In einer sah ich an der linken Seite eine Kanzel wie in den fremdländischen Kirchen, in die ich mich so gerne verkrieche. Ich bemühte mich darum, daß mein Herz weine, und auch, daß es lache. Ich entsinne mich, der Himmel war trübe, voll blauer Adern, die zitterten. Sie tauchten in meine Seele, und ich wußte, daß sie mich nach Hause bringen würden. Eine Alte in gelber Seide empfing mich unter einem riesigen Sankt Johannes. Sie wurde rot und erzählte mir vom Vater. In ihr war mehr Liebe als in mir, und ich hatte immer gedacht, niemand in der Welt könne so lieben wie ich. Sie erzählte mir lange vom Vater, sagte, daß ich ihm ganz ähnlich sei. Sie erzählte und fragte über die Welt. Und am Ende sagte sie mir, daß sich nichts geändert habe. Sie war in den Siebzigern, und sie errötete, als ich ihr Bild erwähnte, das man bei meinem Vater gefunden hatte. Sie war alt und gut, wer ist schließlich nicht gut, alle sind gut. Sie wollte mich zum Friedhof führen und mir die Gräber aus den alten Romanen zeigen, die meine Mutter so gerne gelesen hatte, und das Haus meines Großvaters. Aber ich war blaß und vom Wunsch erfüllt weiterzureisen.

Auf dem großen, rußigen Bahnhof hörte ich dann zum hundertsten Male, daß in Moskau Blut fließe, daß die Bosnier mit dem Messer in die italienischen Gräben eingedrungen, daß in Serbien eine Million Menschen umgekommen seien und daß ein besseres

Jahrhundert kommen werde. Frauen lagen auf dem Boden, Schwestern, die den Bruder, Ehefrauen, die den Mann nicht fanden und sich dann mit irgendwelchen Burschen im Schatten der feuchten Gänge drückten und küßten. Verweinte Mütter, die ihr Kind suchten und, wenn sie es nicht fanden, die weißen Brote an irgendwelche zerlumpten Soldaten verteilten, die sich in Dunkel und Qualm herumtrieben. Ich ging an den Zügen entlang und fragte nach dem Schnellzug nach Süden. Ich wollte gerade einsteigen, als ein Mann mit Tressen an mich herantrat und fragte, wohin ich wolle. »Nach Süden.« Er sagte mir, dieser gehe nach Norden. Ich schaute ihn an und bemerkte: »Ist das nicht ganz egal?« Er sah mich verblüfft an, er konnte nicht wissen, daß ich schon lange mit mir selbst Spott trieb. Ich bin nach Hause gekommen.

Die Popenfrauen besuchen mich, sie haben sich nicht geändert. Niemand hat sich geändert. Aber alle hassen mich. Nur meine Frau verteidigt mich. Sie ist Präsidentin eines Frauenkreises. Sie sagt, daß ich schlecht gepflegt sei und daß ich einen gewissen *Weltschmerz* zur Schau trage, aber woher, zum Teufel, *Weltschmerz* im Banat. Ich liege den ganzen Tag hinter unsern Holzstapeln und schaue in den Himmel. Tauben fallen vom Dach, am Abend läuten die Glokken, und die Frauen wollen mich wieder zum Präsidenten irgendeines Kreises wählen. Sie lieben sehr die deutschen Kanoniere, die in weißen Handschuhen vom Schlachtfeld Saloniki kommen. Auch ich liebe weiße Handschuhe. Ich werde den ganzen Tag im

Gras liegen und in den Himmel schauen. Er wird jeden Tag eine neue Farbe haben. Diese Farben werden meine Augen beruhigen, und ich bin ganz ruhig, wenn sich nur meine Augen beruhigen. Bietet mir jemand traurig »Guten Abend«, grüße ich ihn traurig mit »Guten Abend« zurück. Bietet mir einer fröhlich »Guten Morgen«, grüße ich fröhlich mit »Guten Morgen« zurück. Wir werden aussterben, und es wird ein besseres Jahrhundert kommen, es kommt immer eines. Im grünen, zerlumpten Militärmantel werden wir uns grinsend überall durch die Straßen schleppen. Wir fordern nichts, wir bedauern nichts. Bedauern wir wirklich nichts? Die Tanten werden aufhören zu weinen. Sie schmücken unermüdlich das Bild des Zaren Dušan und hoffen, daß auch ich fröhlich lachen werde. Den ganzen Tag versöhnen sie mich mit meiner Frau, bringen mir Milch wie einem Kind, führen mich in den Mais, der reift, und die Leute wählen mich ständig zum Präsidenten. Sie sagen: »Zwei, drei Jahre, und wir werden alles vergessen haben.«

Die Tanten weinen und gehen um mich herum, als wäre ich ein Grab. Über mir ist der Himmel, er hat rote, sanfte Streifen, die jeden Morgen wiederkommen. Vergänglich und sanft kehren sie zu mir auf den Wolken zurück. Ich betrachte sie jeden Morgen und lebe nur für sie. Irgendwo fällt ein gelbes Blatt, und an jedem Abend läutet es. Ich huste, obwohl die Ärzte sagen, ich werde noch dreißig Jahre leben. Irgendwo fällt ein Ziegel, irgendwo stürzt eine Mauer ein. Am frühen Abend wird es kalt, die Tanten wickeln mich ein wie ein Kind, sie lesen mir von den blutigen Petrograder Straßen vor, ich habe das gern. Nicht weit von hier wohnt meine Frau. Sie wohnt gegenüber und hofft immer noch. Doch wenn ich sterbe, werde ich zum letzten Mal den Himmel betrachten, meinen Trost, und ich werde lächeln.

Anmerkungen des Übersetzers

S. 9 *St. Veitstag (Vidovdan)*: 28. Juni. Am 28. Juni 1914 – am St. Veitstag – wurde in Sarajewo der österreichische Thronfolger Franz Ferdinand zusammen mit seiner Gemahlin ermordet, vermutlich im Auftrag einer serbischen Geheimorganisation. Dies gab den Anlaß zum Ausbruch des Ersten Weltkriegs. – Der St. Veitstag hat für die Serben einen hohen Symbolwert. Am St. Veitstag 1389 erlitten sie ihre totale Niederlage gegen die Türken in der Schlacht auf dem Amselfeld. Am St. Veitstag 1921 wurde die Vidovdan-Verfassung für das Königreich SHS (der Serben, Kroaten und Slowenen) verkündet.

S. 10 *Branko*: Die Rede ist von Branko Radičević (1824-1853), einem serbischen romantischen Schriftsteller.

S. 11 *Aco*: Kosename für Aleksander. (A. war 1914 Prinzregent der Serben.)

kilenc: ungarisches Wort für die Zahl Neun. In der Vulgärsprache abfällige Bezeichnung für das männliche Glied mit der Bedeutung »Nichts!«

S. 13 *Zinzaren*: kleines romanisches Volk (Aromunen). Sie werden teils als Rumänen, teils als Griechen bezeichnet.

S. 18 *Kara Mustafa*: Großwesir des Sultans Mohamed IV. 1683 vom Sultan ermordet.

S. 50 *Fürst Michael*: Mihajlo, Sohn des ersten serbischen Fürsten Miloš Obrenović.

S. 51 *Sanin*: populärer Roman des russischen Schriftstellers Michail Arzybaschew, erschienen 1907.

S. 54 *Desančić*: Polit Desančić, hoher serbischer Beamter in österreichischen Diensten.

S. 55 *König Peter*: Peter I., Vater von König Alexander Karadjordjević.

S. 56 *Devajtis*: Roman der polnischen Schriftstellerin Marja Roziwieczówna, erschienen 1887.

S. 65 *Bunjevka*: Angehörige einer ethnischen Gruppe (der Bunjevci). Sie leben ebenso wie die bekannteren Šokci in der Batschka, in Syrmien und Slawonien. Sie kamen in diese Gebiete aus Bosnien und Dalmatien, wo sie *vor* den Serben und Kroaten ansässig waren. Wahrscheinlich sind sie Illyrer.

S. 72 *Vuk Mandušić*: serbischer Schriftsteller des 17. Jahrhunderts.

S. 73 *Dušans Gesetzbuch*: Stefan Dušan, serbischer Zar aus dem Hause der Nemanjas, setzte sein Gesetzbuch (zakonik) auf einem Reichstag in Skopje am 21. Mai 1349 in Kraft. Zu dieser Zeit befand sich Serbien auf dem Höhepunkt seiner Macht und kurz vor seinem Untergang.

S. 74 *Repin*: Ilja Repin (1844-1930), russischer Maler.

S. 75 *Hartwig*: Hartwig Nikolaj, russischer Gesandter in Belgrad (gest. 10. 7. 1917).

S. 85 *Meštrović*: Ivan Meštrović (1883-1962), berühmter kroatischer Bildhauer.

S. 96 *Ohnet*: Georges Ohnet (1848-1918), französischer Romancier.

S. 106 *Grahor*: Ivan Grahor (1867-1911), slowenischer Maler.

Wojwode Mišić: Befehlshaber der serbischen Armee im Ersten Weltkrieg. Gestorben 1921 in Belgrad.

S. 110 *General Živković*: Vertrauter des Prinzregenten und späteren Königs Alexander Karadjordjević. Beteiligt am Sturz der Dynastie Obrenović (Ermordung von Alexander Obrenović).

S. 118 *»Abendmahl im Kosovo«*: Gemälde.

Jaša Ignjatović: Jakov Ignjatović (1822-1889), realistischer serbischer Schriftsteller.

Nachwort

Wenn Danilo Kiš von Miloš Crnjanski als einem großen Vorbild sprach, meinte er den Schriftsteller, aber auch den Kosmopoliten. Den Verfasser des »Tagebuchs über Čarnojević«, des Romanepos »Wanderungen«, der »Kommentare zu ›Ithaka‹« und jenen unruhigen Grenzgänger zwischen den Welten, der in Rom, Berlin oder London den Blick für die Heimat schärfte und, nach Belgrad zurückgekehrt, ein Außenseiter blieb. Im Dreigestirn der jugoslawischen Klassiker der Moderne, zu dem Ivo Andrić und Miroslav Krleža gehörten, ist Crnjanski zweifellos der Schwierigste, Verborgenste. Keine ausreichende Erklärung allerdings für den Umstand, daß er im deutschsprachigen Raum bislang kaum Beachtung fand.

Miloš Crnjanski wurde am 26. Oktober 1893 als Sohn eines serbischen Beamten in der ungarischen Kleinstadt Csongrád geboren und absolvierte die Schulen in Temesvár (serbisch Temišvar, rumänisch Timişoara). Im multiethnischen Banat, einem Teil der Habsburgermonarchie, lebte eine bedeutende, kulturell aktive serbische Minderheit. Zum Studium fährt Crnjanski 1913 nach Wien, wobei er Gedichte, Dramen und einen Roman hinterläßt. Sein Weg als Schriftsteller ist vorgezeichnet, wird von der Zeitgeschichte jedoch grausam durchkreuzt. 1914, bei Ausbruch des Ersten Weltkriegs, kommt es zur Rekrutierung, wenig später steht der Infanterist des 29. k.u.k. Regiments an der galizischen Front.

»Wir wurden ins Feuer geworfen (Barbusse: *Feu*) bei Złota Lipa, in der großen Offensive gegen Rußland, die für das gesamte *Neunundzwanzigste* ein katastrophales Ende nahm«, heißt es in den »Kommentaren zu ›Ithaka‹«. »Der Zufall, dieser Komödiant, wollte es, daß ich noch vor der Katastrophe unserer Armee ins Lazarett kam.« Crnjanski überlebt als einer der wenigen, während »die Gräber des k.u.k. Regiments Nr. 29 über das ganze Territorium von Złota Lipa bis Tarnopol verstreut liegen.« Was er in den »Kommentaren« erinnert, sind die Leiden des Infanteristen, der mit 47 kg Marschgepäck und Gewehr täglich 30 bis 40 Kilometer zurückzulegen hatte, sind die Müdigkeit und das »Waten in Blut«, der besinnungslose Haß und die Verzweiflung, auf der falschen Seite zu kämpfen:

»Meine Aufgabe in Galizien war es, vorwärts zu laufen, elf Leuten voranzulaufen, mit dem Gewehr in der Hand Kommandos zu brüllen. Also ein Art Napoleon auf der Brücke beim Dorf Arcola zu werden. Und wenn der Leser meint, ich sei dem Feind entgegengestürmt wie ein Chaplin, dem die Hosen heruntérrutschten, so betrübt mich das keineswegs.

Was mir damals geholfen hat, all diese ekelhaften Ereignisse durchzustehen, war die Natur des Terrains, wo wir einer nach dem andern fielen.

Dieser Teil Galiziens erinnerte an Serbien, mit seinen Hügeln, mit seinen Wäldern. Der Herbst war dort warm.

Erst im Oktober versank alles im Dreck.«

Der Ton der im Londoner Exil entstandenen, 1950 veröffentlichten autobiographischen Kommentare zu den »Ithaka«-Gedichten von 1919 ist sachlich-ironisch. Unmittelbar nach dem Krieg indes verarbeitete Crnjanski seine Fronterfahrungen in einem Roman, dem fiktiven Tagebuch des Čarnojević, das emotionale, ja lyrische Töne anschlug. Doch davon später.

Aus Galizien verschlägt es Crnjanski (dank Protektion) in ein Wiener Frauenkloster, das in der oberen Etage Krankenhaus war. Die Camouflage läßt sich freilich nicht lange aufrechterhalten. Crnjanski wird Telephonist beim obersten Militärkommando in Szeged und erfährt täglich von den Greueln an der Front zu Serbien. »Österreich führte Krieg gegen unser Volk wie gegen wilde Tiere oder Wanzen. Österreich konnte kein Pardon erwarten. Rache wird immer die Waffe des Schwächeren und Sabotage jeder Art süß für ihn sein.« Crnjanski haßt das militärische Österreich, legt aber vorschriftsgemäß die Prüfung als Reserveoffizier ab und wird an die Isonzo-Front abkommandiert. Das Schlachtfeld bleibt ihm durch glückliche Zufälle erspart. Im Herbst 1918 erhält er einen dreimonatigen Urlaub, um seine Universitätsexamina in Wien abzulegen. Dort erlebt er den Zusammenbruch der Doppelmonarchie. Das welthistorische Debakel löst in ihm kein Triumphgefühl, sondern Ekel aus. Erst jetzt begreift er, daß die Kämpfe nicht zwischen Österreich und der Revolution, zwischen dem Imperium und seiner Nation geführt wurden. »Die Kämpfe, die ewigen, (...) werden von Gut und Böse geführt.«

Den Winter 1918 verbringt Crnjanski »wie im Traum auf dem Dorf«, in Ilanča bei seiner Mutter. Hier schreibt er Gedichte und arbeitet am Manuskript des »Tagebuchs über Čarnojević«. Doch lange hält es ihn nicht. Er reist nach Belgrad, immatrikuliert sich an der Universität für die Fächer Vergleichende Literaturwissenschaft, Geschichte und Kunstgeschichte. Sein erster Versband, »Lyrik Ithakas«, und sein erster Prosaband, »Männergeschichten«, erscheinen und sorgen für Aufruhr. Crnjanski, obwohl arm wie die meisten Belgrader Studenten, findet wieder Lebensmut.

Aber auch in Belgrad hält es ihn nicht lange. Das Mekka der Studenten ist Paris. Crnjanski verkauft kurzentschlossen das Haus seines Vaters und reist, während sein »Tagebuch über Čarnojević« gesetzt wird, in die französische Hauptstadt. Wie er später feststellen muß, hat der Korrektur lesende Stanislav Vinaver die Reihenfolge einzelner Kapitel des »Tagebuchs« durcheinandergebracht.

Nach Paris, einer kurzen Episode, die in mehreren journalistischen Essays ihren Niederschlag findet, folgt ein Besuch bei Ivo Andrić in Rom, dann ein Aufenthalt in Florenz, wo die »Liebe in der Toscana« entsteht. Und wenig später fährt Crnjanski zur Reserveübung im Infanterie-Regiment Nr. 31 nach Mostar ...

1928 beginnt die definitive Zeit der Wanderungen. Wir finden Crnjanski zunächst als Kulturattaché an der Botschaft des Königreichs Jugoslawien in Berlin, dann in Rom und Lissabon; 1941 schließt er sich der

Exilregierung in London an, wo er – ab 1945 als Emigrant – lange Jahre in äußerster Armut zubringt und seinen »Roman über London« schreibt. Obwohl seine Werke seit Mitte der fünfziger Jahre im Tito-Staat ediert werden, entschließt sich Crnjanski erst 1965 zur Rückkehr nach Belgrad. Er wird gefeiert, wird für sein historisches Romanepos über die Diaspora der Serben (»Wanderungen«) mit dem höchsten jugoslawischen Literaturpreis »NIN« ausgezeichnet, aber ein Gefühl der Zugehörigkeit stellt sich nicht ein. Crnjanski bleibt der Unruhige und Zerrissene, der er seit dem Kriegstrauma war. 1977 nimmt er sich in Belgrad das Leben.

Was er hinterläßt, sind Romane und Reiseberichte, Erzählungen, Essays, historische Dramen und Gedichte. Zum Bedeutendsten seines Œuvres zählt zweifellos das »Tagebuch über Čarnojević«.

In der Form des fiktiven Tagebuchs realisiert Crnjanski ein schriftstellerisches Projekt, das weniger als Roman denn als Poem in Prosa zu bezeichnen wäre. Durch das Double des Studenten Čarnojević, dessen Name seinen eigenen, zu deutsch etwa Schwarzmann, etymologisch wiederholt, erzählt Crnjanski – nicht autobiographisch, doch authentisch – vom Leben im Banat, von Landschaften und Liebschaften, von den schrecklichen Kämpfen an der galizischen Front, vom Sterben in den Wäldern und Lazaretten, von der Verzweiflung, der inneren Leere, dem Haß, aber auch von der Hoffnung auf »ein besseres Jahrhundert«. Dieses Erzählen ist nicht zusammenhängend, es gleicht vielmehr einem Mäander von Bildern, Gedankenfetzen, Erinnerungen, Träumen, einem rhythmischen Singsang von sarkastischer Trauer und lapidarer Schönheit. Einer aus den Fugen geratenen Welt, die alle Wertordnungen zerstört hat, entspricht stilistisch die indifferente, leidenschaftslose, achronologische Reihung von Tatsachen und Ereignissen, von Bedeutendem und Unbedeutendem, von Grandiosem und Absurdem.

Mit müder Insistenz, mit romantischem Zynismus treibt Crnjanskis Prosa wie somnambul dahin, um sich in jähen Visionen, in blendenden Epiphanien zu verdichten. Sinnlich leuchten die Details: die weißen Krankenhauslaken und weißen Frauenkörper, die roten Wälder und roten Blumen. Und die braunen Augen einer mitleidigen Polin:

Ihre Augen sind dunkel und warm wie Datteln. Ihr Haar ist rot wie das Gras im Herbst. Oder vielleicht scheint es nur so. Dieses Haar rührt mich, um dieses Haar tut es mir leid, um diese verwelkten Gräser. Diese Haare habe ich zuerst geliebt. Ihre Stimme ist kindlich, ihr Taschentuch ist parfümiert, und wenn es das nicht wäre, würde es vor Sauberkeit duften. Ihre Augen sind dunkel und rot wie Blut. Sie erzählt mir viel von ihrem Söhnchen. Wir sprechen viel von ihm. Ihre Stirn ist eigenartig, so krank, faltig, müde. Vielleicht, weil sie Mutter ist, vielleicht weil sie mich liebt. Mir tut es leid um sie. Sie ist ehrbar, es sage mir keiner, sie sei nicht ehrbar. Sie hat leidenschaftliche, warme, bleiche Hände, die sich schämen und sich verstecken. Ihre Schultern zittern wie die Zweige unter dem Schnee. Was wird aus uns werden?

Fragil und zugleich expressiv beschwört Crnjanskis Sprache auch die Kriegsgreuel. Hier ist nicht – wie in den späteren »Kommentaren« – von 47 kg Marschgepäck die Rede. In kurzen, rhapsodischen Sätzen entstehen Momentaufnahmen des Kampfs, atmosphärische Bilder von Leben und Tod:

Tschiii-uuu-bum, die erste russische Granate. »Hinter uns«, hörte ich jemanden flüstern. Dann bäumte sich die Erde hoch auf, und einige Pferde fingen an, den Berg hinunterzulaufen. Oben spielten die Wolken auch weiterhin Verstecken, und es hörte sich an, als ob vollbeladene Güterzüge durch die Luft glitten. Die Russen überschütteten den Kartoffelacker mit Schrapnellfeuer, und dann war wieder nichts. Weit hinter dem Berg knatterten schrecklich die Maschinengewehre.

Etwa um zehn kommt ein Soldat. Er liest uns den Befehl vor. Wir hängen den Tornister um. »Vergeßt den Zucker nicht«, höre ich einen Kameraden flüstern. Wir ducken uns und gehen durch die Gräben dem Dorf zu. Die Kanonen spielen verrückt. Oben auf dem Hügel liefen einige Gestalten mit Stangen in den Händen. Sie wurden mit Gewehrfeuer eingedeckt. Einer stürzte. Wir liefen leise durchs Dorf.

Die Details erzeugen nicht Konkretheit. Im Sinne der lyrischen, nach Totalität strebenden Intention des Textes dient das Detail dem Ausdruck metaphysischer, kosmischer Empfindungen, der Wiedergabe von Tod und Vergeblichkeit, von Sehnsucht und Schmerz. Unter diesem Aspekt sind auch jene Teile des Romans zu lesen, die weit mehr Raum einnehmen als die eigentlichen Kriegsereignisse: die melancholischen, von seiten des Ich-Erzählers leidenschaftslosen Beziehungen zu Frauen und die Geschichte jenes Mannes, der auf der Suche nach dem glückseligmachenden Traum als Matrose bis Sumatra und um die halbe Welt gekommen war, um seinen Ausbruchsversuch aus der Alltäglichkeit mit zehrender Trauer zu bezahlen. »Sumatra« ist Symbol einer Weltanschauung – des »Sumatraismus« –, die auch Čarnojević alias Crnjanski teilt: Inbegriff ruhelos-ekstatischen Unterwegsseins und politische Chiffre ahasverischen Serbentums, wie es Crnjanski später in seinem Romanfresko »Wanderungen« breit dargestellt hat.

Die Sehnsucht als treibendes Moment verbindet sich im »Tagebuch« paradox mit dem Defätismus, die vitalistische Hoffnung mit Todes- und Tötungslust. Die (ideologischen) Widersprüche sind schrill, ja grotesk – Ausdruck einer zerrissenen, kriegsgeschädigten Generation –, sie nehmen sich im Romanganzen aber fast organisch aus. Denn nicht nur weist dieses kompositionell selber zahlreiche Widersprüche, ja Ungereimtheiten auf, was zum Teil auf Probleme bei der Drucklegung zurückgeht, die wiederum mehrere abweichende Fassungen zur Folge hatten – die divergierenden, dissonanten Aussagen werden refrainartig wiederholt und bilden so einen Teil der durchgängigen musikalisch-rhythmischen Struktur des Romans.

Es handelt sich nicht um aus der Analyse gewonnene Einsichten, sondern eben um Aussagen-Refrains: »Ich bedaure keinen, am wenigsten mich selbst«, »Das Töten gefällt mir jetzt sehr«, »Nach uns wird ein besseres Jahrhundert kommen, immer kommt eines«, »Wer weiß, was Leben ist?«, »Ich tue mir selbst leid«.

So ist dieser Erzähler: Als Tuberkulöser scheinbar dem Tod geweiht und doch begierig auf Leben, sentimental und voll sarkastischer Bitterkeit:

Nein, ich weiß nicht, was gut und was böse ist, ich weiß nichts darüber, was alles mit mir geschah. Ein einziges gelbes Blatt, ein einziges Schlagen von Tauben- und Schwalbenflügeln über dem Wasser wird mir genügen, daß ich weder traurig noch fröhlich bin, und niemals wird es mir einfallen, an etwas anderes zu glauben als an Pappeln.

Die Weltschmerz-Indifferenz kontrastiert aber mit jähen aggressiven Anwandlungen:

Ich werde wieder den Krieg aufsuchen, den Sturm und die Schrecknisse und die Regenfälle, diese schlimmen Regenfälle. Unter Männer, ich möchte wenigstens unter Männer, ich ekle mich vor allen grimmigen Madonnen.

Čarnojević sagt dies in der Eintönigkeit seines von zahlreichen Tanten umsorgten Banater Lebens, aber im Bewußtsein, daß nichts mehr ist, wie es war, daß die Welt sich definitiv im Bösen eingerichtet hat. Das Muttersöhnchen von einst, der diskutierfreudige, panslavisch gesinnte Student von Rijeka, der an Leib und Seele versehrte Frontsoldat – sie haben sich zu einem Menschen vereinigt, der »sumatraistisch« den Himmel beobachtet, als wäre Trost nur von den wechselnden Gesichtern der Natur zu erwarten:

Über mir ist der Himmel, er hat rote, sanfte Streifen, die jeden Morgen wiederkommen. Vergänglich und sanft kehren sie zu mir auf den Wolken zurück. Ich betrachte sie jeden Morgen und lebe nur für sie. Irgendwo fällt ein gelbes Blatt, und an jedem Abend läutet es. Ich huste, obwohl die Ärzte sagen, ich werde noch dreißig Jahre leben. Irgendwo fällt ein Ziegel, irgendwo stürzt eine Mauer ein. Am frühen Abend wird es kalt, die Tanten wickeln mich ein wie ein Kind, sie lesen mir von den blutigen Petrograder Straßen vor, ich habe das gern. Nicht weit von hier wohnt meine Frau. Sie wohnt gegenüber und hofft immer noch. Doch wenn ich sterbe, werde ich zum letzten Mal den Himmel betrachten, meinen Trost, und ich werde lächeln.

So endet das »Tagebuch«, zeitlos, wie es begonnen hat: »Es ist Herbst, und das Leben ohne Sinn.« Anfang und Schluß verschränken sich im Präsens wehmütigen Sinnierens, in der lyrisch-melodiösen

Sprache des Lamentos. Diese Sprache mit ihren Anaphern und Refrains, mit ihren Farbadjektiven und Interjektionen verwebt das Gegensätzlich-Zerrissene zu einer Textur, die alles Zeitbedingte transzendiert. Natürlich handelt das »Tagebuch« vom Ersten Weltkrieg und vom Zusammenbruch jener Monarchie, die von Triest bis Krakau reichte, natürlich schildert es den historischen Bruch und seine Folgen im Bewußtsein eines Betroffenen, doch über der faktographischen Absicht steht die subjektiv-künstlerische. Sie bewirkt, daß man sich dem Sog dieses schrecklich-schönen Textes nicht entziehen kann.

Deutschsprachige Literatur in der edition suhrkamp: Prosa

Aebli, Kurt: Küss mich einmal ordentlich. Prosa. es 1618
Alves, Eva-Maria: Maanja. Meine Freundin, meine Mutter, meine Puppe. Eine Anrufung. Zeichnungen von Alexandra Albrand. es 1159
– Neigung zum Fluß. Mit 16 Fotos von Christiane P. Scharlau. es 1083
Arlati, Renato P.: Auf der Reise nach Rom. Prosa. Auswahl und Nachwort von Franz Böni. es 1053
Batberger, Reinhold: Drei Elephanten. es 1459
Becher, Martin Roda: Unruhe unter den Fahrgästen. ›Aufzeichnungen‹. es 1352
Becker, Jürgen: Umgebungen. es 722
– Ränder. es 351
Beyse, Jochen: Ultraviolett. Erzählung. es 1603
Bleisch, Norbert: Viertes Deutschland. Erzählung. es 1719
Böni, Franz: Alvier. Erzählungen. Mit einem Nachwort von Samuel Moser. es 1146
– Hospiz. Erzählung. es 1004
– Der Johanniterlauf. Fragment. es 1198
Bornhorn, Nicolaus: Der Film der Wirklichkeit. es 1154
Braun, Volker: Berichte von Hinze und Kunze. es 1169
– Es genügt nicht die einfache Wahrheit. Notate. es 799
Brecht, Bertolt: Die Geschäfte des Herrn Julius Caesar. Romanfragment. es 332
– Prosa. Bd. 4. es 185
Buselmeier, Michael: Der Untergang von Heidelberg. es 1057
Dischereit, Esther: Joëmis Tisch. Eine jüdische Geschichte. es 1492
Döring, Bianca: Ein Flamingo, eine Wüste. Erzählung. es 1588
– Schnee und Niemand. Prosa. es 1779
Drawert, Kurt: Spiegelland. Ein deutscher Monolog. es 1715
Enzensberger, Hans Magnus: Das Verhör von Habana. es 553
– Der Weg ins Freie. Fünf Lebensläufe, überliefert von Hans Magnus Enzensberger. es 759
Erste Einsichten. Jüngste Prosa aus der Bundesrepublik. Herausgegeben von Christian Döring und Hajo Steinert. es 1592
Foidl, Gerold: Scheinbare Nähe. es 1237
Fritsch, Werner: Steinbruch. es 1554
Greiner, Peter: Wie Bombenleger-Charly leben ... Sozialverhalten. Geschichten und Szenen. es 1356
Gstrein, Norbert: Anderntags. Erzählung. es 1625
– Einer. Erzählung. es 1483
Hänny, Reto: Ruch. Ein Bericht. es 1295

300/1/2.92

Deutschsprachige Literatur in der edition suhrkamp: Prosa

Hänny, Reto: Zürich, Anfang September. es 1079
Handke, Peter: Phantasien der Wiederholung. es 1168
Hesse, Hermann: Tractat vom Steppenwolf. Nachwort von Beda Allemann. es 84
Holbein, Ulrich: Ozeanische Sekunde. es 1771
– Samthase und Odradek. es 1575
Jansen, Johannes: Reißwolf. Aufzeichnungen. es 1693
Johnson, Uwe: Jahrestage. Aus dem Leben von Gesine Cresspahl. 4 Bde. im Schuber. es 1500
– Porträts und Erinnerungen. Herausgegeben von Eberhard Fahlke. es 1499
– Versuch, einen Vater zu finden. Marthas Ferien. Tonkassette mit Textheft. Mit einem editorischen Bericht von Norbert Mecklenburg. es 1416
Kirchhoff, Bodo: Body-Building. Erzählung, Schauspiel, Essay. es 1005
Kluge, Alexander: Gelegenheitsarbeit einer Sklavin. Zur realistischen Methode. es 733
– Lernprozesse mit tödlichem Ausgang. es 665
– Neue Geschichten. Hefte 1-18. ›Unheimlichkeit der Zeit‹. es 819
– Schlachtbeschreibung. Roman. es 1193
Koch, Werner: Intensivstation. Erzählung. es 1173
Koeppen, Wolfgang: Morgenrot. es 1454
Krechel, Ursula: Mit dem Körper des Vaters spielen. Essays. es 1716
Kroetz, Franz Xaver: Frühe Prosa/Frühe Stücke. es 1172
Kühn, Dieter: Ausflüge im Fesselballon. Roman. Neufassung. es 656
Laederach, Jürg: Vor Schrecken starr. Fixierungen, Stechblicke, Obsessionen. es 1503
– Der zweite Sinn oder Unsentimentale Reise durch ein Feld Literatur. es 1455
Lessenich, Jean: »Nun bin ich die niemals müde junge Hirschfrau oder der Ajilie-Mann.« es 1308
Leutenegger, Gertrud: Das verlorene Monument. es 1315
Maeffert, Uwe: Bruchstellen. Eine Prozeßgeschichte. es 1387
Matthies, Frank-Wolf: Tagebuch Fortunes. es 1311
Mayröcker, Friederike: Magische Blätter. es 1202
– Magische Blätter II. es 1421
– Magische Blätter III. es 1646
Middendorf, Klaus: Wer ist Patrick? Roman. es 1701
Morshäuser, Bodo: Hauptsache Deutsch. es 1626
– Revolver. Vier Erzählungen. es 1465

300/2/2.92

Deutschsprachige Literatur
in der edition suhrkamp:
Prosa

Nossack, Hans Erich: Pseudoautobiographische Glossen. es 445

Ein Pronomen ist verhaftet worden. Die frühen Jahre in Rumänien - Texte der Aktionsgruppe Banat. Herausgegeben von Ernest Wichner. es 1671

Rakusa, Ilma: Steppe. Eine Erzählung. es 1634

Rosenlöcher, Thomas: Die verkauften Pflastersteine. Dresdener Tagebuch. es 1635

– Die Wiederentdeckung des Gehens beim Wandern. Von Dresden in den Harz. es 1685

Roth, Patrick: Die Wachsamen. Drei Monodramen. es 1614

Runge, Erika: Frauen. Versuche zur Emanzipation. es 359

Schleef, Einar: Die Bande. Erzählungen. es 1127

Schöne Aussichten. Neue Prosa aus der DDR. Herausgegeben von Christian Döring und Hajo Steinert. es 1593

Schwacke, Peter: Carte blanche. Erzählungen. es 1164

Split: Apfelsinen im Hals. Geschichten. es 1558

Stauch, Wolfgang: Eine schlechte Geschichte. es 1712

Steinwachs, Ginka: G-L-Ü-C-K. rosa prosa. Originalfälschung. es 1711

Struck, Karin: Kindheits Ende. Journal einer Krise. es 1123

– Klassenliebe. Roman. es 629

Thank You Good Night. Herausgegeben von Bodo Morshäuser. Fotos: Michael Strauss. es 1227

Veil, Joachim: Die Wiederkehr des Bumerangs. es 1137

Vogl, Walter: Hassler. Frequenzritte eines Straßenkehrers. es 1182

Von nun an. Neue deutsche Erzähler. Herausgegeben von Hans-Ulrich Müller-Schwefe. es 1003

Walser, Martin: Eiche und Angora. Eine deutsche Chronik. es 16

– Geständnis auf Raten. es 1374

Weiss, Peter: Abschied von den Eltern. Erzählung. es 85

– Die Ästhetik des Widerstands. Roman. es 1501

– Fluchtpunkt. Roman. es 125

– Das Gespräch der drei Gehenden. es 7

– Notizbücher 1960-1971. 2 Bde. es 1135

– Notizbücher 1971-1980. 2 Bde. es 1067

– Rekonvaleszenz. es 1710

– Der Schatten des Körpers des Kutschers. es 53

Sinclair (P. Weiss): Der Fremde. Erzählung. es 1007

Winkler, Josef: Die Verschleppung. Njetotschka Iljaschenko erzählt ihre russische Kindheit. es 1177

300/3/2.92

Deutschsprachige Literatur
in der edition suhrkamp:
Essays, Reden, Briefe, Tagebücher

303/1/2.92

Deutschsprachige Literatur in der edition suhrkamp: Essays, Reden, Briefe, Tagebücher

Errungenschaften. Eine Kasuistik. Herausgegeben von Michael Rutschky. es 1101

Habermas, Jürgen: Eine Art Schadensabwicklung. Kleine Politische Schriften VI. es 1453

– Die nachholende Revolution. Kleine politische Schriften VII. es 1633

– Die Neue Unübersichtlichkeit. Kleine Politische Schriften V. es 1321

Haug, Wolfgang Fritz: Bestimmte Negation. ›Das umwerfende Einverständnis des braven Soldaten Schwejk‹ und andere Aufsätze. es 607

Henrich, Dieter: Eine Republik Deutschland. Reflexionen auf dem Weg aus der deutschen Teilung. es 1658

Johnson, Uwe: Begleitumstände. Frankfurter Vorlesungen. es 1019

– Der 5. Kanal. es 1336

Krechel, Ursula: Mit dem Körper des Vaters spielen. Essays. es 1716

Landauer, Gustav: Signatur: g. l. Gustav Landauer im »Sozialist«. Aufsätze über Kultur, Politik und Utopie (1892-1899). Herausgegeben von Ruth Link-Salinger (Hyman). es 1113

Lenz, Hermann: Leben und Schreiben. Frankfurter Vorlesungen. es 1425

Löwenthal, Leo: Mitmachen wollte ich nie. Ein autobiographisches Gespräch mit Helmut Dubiel. es 1014

Mayer, Hans: Gelebte Literatur. Frankfurter Vorlesungen. es 1427

Mitscherlich, Alexander: Die Unwirtlichkeit unserer Städte. Anstiftung zum Unfrieden. es 123

Muschg, Adolf: Literatur als Therapie? Ein Exkurs über das Heilsame und das Unheilbare. es 1065

Ein Pronomen ist verhaftet worden. Die frühen Jahre in Rumänien - Texte der Aktionsgruppe Banat. Herausgegeben von Ernest Wichner. es 1671

Rühmkorf, Peter: agar agar – zaurzaurim. Zur Naturgeschichte des Reims und der menschlichen Anklangsnerven. Textillustrationen vom Autor. es 1307

Sloterdijk, Peter: Versprechen auf Deutsch. Rede über das eigene Land. es 1631

– Zur Welt kommen – Zur Sprache kommen. Frankfurter Vorlesungen. es 1505

Stichworte zur ›Geistigen Situation der Zeit‹. 2 Bde. 1. Band: Nation und Republik. 2. Band: Politik und Kultur. Herausgegeben von Jürgen Habermas. es 1000

303/2/2.92

303/3/2.92